Tomodachi no imouto ga
ore nidake uzai
友達の妹が
俺にだけ
ウザい
AUTHOR
三河ごーすと
ILLUSTRATION トマリ

「アキはさ、真白の彼氏なんだよね」
「ならカノジョのお願いは絶対、だよね」

「真白と別れてほしいの」

「あの、すみません。もし大丈夫なら、どいてもらえると……」

「すぐにどきます！……って、彩羽!?」
「えっ……せ、センパイ!?」
「「なんでここに!?」」

きゃー！
きゃー！
きゃあああああ！
めっちゃ楽しいんですけど
ひゃっふーう！

センパイも楽しんでますかぁー？
あっ、もしかしてビビってるんですか？
ぷぷぷーっ☆
くそおおおぉ言い返せねえええぇ！

CONTENTS

Tomodachi no imouto ga ore nidake uzai

友達の妹が俺にだけウザい9

三河ごーすと

GA文庫

カバー・口絵・本文イラスト
トマリ

000

Tomodachi no imouto ga ore nidake uzai

前回のあらすじ

馴《な》れ合《あ》い無用、彼女不要、友達は真に価値ある一人がいればいい。『青春』の一切は非効率、苛酷な人生レースを生き抜くためには無駄を極限まで省くべし——かつてそんな信条を胸に生きていた俺《おれ》、大星明照《おおぼしあきてる》は今まさに『青春の嵐』に巻き込まれていた。

修学旅行をきっかけに苛烈になる真白《ましろ》のアプローチ、クラスメイトとの交流の中で俺は仕事とはまた違う楽しみを実感していく。

ところがそんな俺に、あまりにも大きな事件が降り注いだ。

それは《5階同盟》の一員であるイラストレーター紫式部先生《むらさきしきぶせんせい》こと影石菫《かげいしすみれ》の、妹——影石翠《みどり》による告白だった。

「——私はあなたが大好きですッ！　Q.E.D.!!」

初恋ゆえの不器用さと実は持ち合わせていた鋼の度胸と暴走したら止まらない性格から繰り出される、婉曲な表現など何ひとつない、繕《つくろ》うことも偽ることもしない清々《すがすが》しいほどの剛速球で気持ちをぶつけられて、鈍《にぶ》すぎる俺もさすがに恋愛感情という存在と向き合わざるを得なかった。

そして翠への感情を整理する途中、自分自身の頭の中に『好きな女の子』の姿が浮かび上がった俺は翠の告白を断ることに。

好きな人。その子はいったいどこの誰なのか。


彼女はいつでも俺のすぐ近くにいて——。

彼女は手を差し伸べなければ壊れてしまうのではないかと危ぶむほど弱い存在で——。

彼女は一緒にいると不思議な感情にさせられる相手で——。


気づいてしまったら何もかもが決定的に変わってしまいそうで、今までは必死で目を逸《そ》らし続けてきた。けれどもう無理だ。彼女を前にしたとき、俺は自分を保《たも》ち続けることさえできないかもしれない。

修学旅行、最終局面。

複雑に絡み合う人間関係の糸が一本に収束し、すべての秘密が明らかとなる時が、すぐそこまで迫っていた。

「いもウザ」
登場人物紹介

大星《おおぼし》 明照《あきてる》

主人公。超効率厨な高2。「５階同盟」プロデューサー。遊園地はファストパスを活用して効率よく回りたい。

小日向《こひなた》 彩羽《いろは》

高１。学校では清楚な優等生だが明照にだけウザい。演技の天才。遊園地のパレードで大はしゃぎするタイプ。

月ノ森《つきのもり》 真白《ましろ》

高2。明照の従姉妹でニセ彼女。明照が好き。実は人気作家・巻貝なまこ。お化け屋敷は彼女のホームグラウンド。

小日向《こひなた》 乙馬《おずま》

高2。通称オズ。明照の唯一の友達。「５階同盟」のプログラマー。ジェットコースターで力学研究する系男子。

影石《かげいし》 菫《すみれ》

数学教師兼神絵師・紫式部先生。ゴーカート好きだが、酔ったまま乗らないだけの分別はギリ残っている25歳。

音井《おとい》 ●●

高2。下の名前は非公開。「５階同盟」に協力するサウンド担当。遊園地では限定スイーツに目を光らせる。

影石《かげいし》 翠《みどり》

高2。全教科満点の怪物優等生。演技×の演劇部長。明照にフラれて傷心中のため、観覧車で癒されたい気分。

友坂《ともさか》 茶々良《さささら》

高１。彩羽の元ライバルで現友達。SNSインフルエンサー。いつかジェットコースターでライブ配信してみたい。

綺羅星《きらぼし》 金糸雀《カナリア》

巻貝なまこ担当の敏腕アイドル編集者。語尾がチュン。遊園地の人気マスコットを密かにライバル視している。

prologue

Tomodachi no imouto ga ore nidake uzai

プロローグ

見慣れない天井《てんじょう》だ……。

ぼんやりとそう思いながらスマホの時計を見ると、午前6時。

習慣ってやつは恐ろしいもんで、たとえ環境がガラリと変わったとしても肉体はこれまでの日常と同じリズムで動いてしまう。

時差ボケに悩まされるのと同じ論理である。ここは京都《きょうと》だから時差なんてないけどな。

効率的な生き方を重んずる俺《おれ》、大星明照《おおぼしあきてる》は毎日きっかり同じ時間に目を覚ます。最近は早朝にランニングなどで心身を整えるのがルーティーンになっていたため、よほどのイレギュラーがなければ午前6時に起きていた。……ついこの前、彩羽《いろは》に死ぬほど邪魔されて寝坊したけど、あれはウザ絡みのせいなんで無効。ウザ無罪。

いまは修学旅行中。べつにこんなに早く起きる必要はなかったんだが、目が覚めてしまったものは仕方ない。

「ふぁ……。ああくそ、半端《はんぱ》だな」

あくびが漏《も》れる。ぼんやりとして思考がまとまらない頭を軽く振って、目元を軽く拭《ぬぐ》う。

――訂正。早く起きたわけじゃない。むしろ逆。

昨夜の翠《みどり》からの告白と、それによって頭の中に浮かび上がった女子の姿が常にちらついて、目を閉じてもぜんぜん眠れなかった。

夜更《よふ》かしなんぞ健康オタク失格だが、暗闇《くらやみ》で目を閉じていれば脳の休息はできるらしいので徹夜よりはマシだろう。知っててよかった、健康雑学。

「他の奴《やつ》らは……ま、起きてるわけないよな。さて、どうするかね」

室内を見渡すと同部屋のオズと筋肉男子の鈴木《すずき》が、それぞれ自分のベッドで爆睡していた。オズはスリープモード中のＰＣみたいに無機質に、鈴木はいびきを大音量でまき散らして。

睡眠中まで個性的な奴らだぜ、まったく。

とりあえず寝ぼけた頭をスッキリさせたくて、洗面所で顔を洗う。鏡に映った自分の顔は、目の下にうっすらくまが浮いていた。

あまりの不健康さに我ながらドン引きし、俺はジャージに着替えて部屋を出た。

文章が繋《つな》がっていないって？　そんなこたぁない。体の不調は早朝のランニングで治るんだ。……何の責任も取れないから良い子にはけっして真似《まね》しないでほしいけど。

昨日、修学旅行実行委員が説明したところによれば、宿泊中はこのホテルのさまざまな施設を生徒たちも使っていいことになっている。

室内の施設のほか、屋外の敷地内にはテニスコートやランニングコースといったものもあり、早朝からひとりで走っていたとしても不審者認定を食らう心配はない。

ルームメイトを起こさないよう静かに部屋を出て、忍び足でホテルのロビーへ。

引率の教師の姿も見えず、ロビーは人気のない静寂な空間だった。

都合がいい。そう思いながら、そそくさと無人のラウンジを横目に外を出ようとする。

受付のホテルマンさんに学生証を見せ、ランニングコースを走りたい旨を告げて外に出る。

すこし驚いたように目を見開かれたのは意外だった。

使用許可は下りてるはずだが、それでも本当に走ろうとする人間は少ないってことか？

受付従業員の反応に首をかしげながら外に出て——そして、すぐにその微妙な反応の意味を知った。


「一緒に走っていい？」


真白《ましろ》がいた。

ランニングコース入り口のベンチに腰かけて、ジャージ姿でくつひもを結び直していた。

そりゃあ、受付の人も変な顔をするわ。

「……ああ」

修学旅行中だっていうのに早朝から走ろうとするような生粋《きっすい》の健康中毒者《ジャンキー》を立て続けに二

人も見かけたら、な。

＊

俺たちはホテルの外周をゆるりとしたペースで並走しだした。

秋の涼風に木の葉が擦《す》れてさらさらと音が鳴る中、無人のテニスコートを右手に眺めていると、まるで人類滅亡後の世界に二人きりのシチュエーションっぽくて妙なエモさを感じる。

隣にいる真白の横顔をちらりと見た。

昨夜の翠の告白のせいか、見慣れているはずの真白の顔がやけにきれいに見える。

なんて、そんな目で真白のことを見てる時点で、今日の俺はあきらかにおかしいわけで。

こうして普段の日課のランニングよりもあえてペースを落として、体力のない真白がついてこられるように気遣えてしまってるのも、なんというか、効率最重視の俺の行動にしては異常なわけで。

らしくない自分への自嘲《じちょう》も込めて、俺は茶化《ちゃか》すような言い方で問いかけた。

「どんな風の吹き回しだ。ひきこもり生活から卒業した勢いで運動にも目覚めたのか？」

「ううん。運動はきらい。運動を強要する奴はしねばいいと思う」

「思想が過激すぎる……」

「話があるの」

「そりゃそうだろうな」

じゃなければわざわざ先回りして俺を待ってたりしない。

「真白と再会したときのこと、おぼえてる？」

「ああ。あたりまえだろ」

「は？　真白の下着、おぼえてるってこと？　最低」

「ひでえトラップだなぁ、おい！」


そういえばあったなぁ、そんなこと。

月ノ森《つきのもり》社長に呼び出されて行ったファミレスで、男女共用トイレの鍵《かぎ》が壊れていたせいで鉢合わせちまった不幸な出来事。

そのせいでずいぶんとギスギスした再会になってしまったが。

「再会の仕方は最悪。……でも、再会できたこと自体は、ほんとにうれしかった」

「すまん。あのとき、俺は……」

「わかってる」

真白は謝ろうとする俺の言葉を遮《さえぎ》って、

「《5階同盟》のことしか考えてなかった。《5階同盟》にとってより良い未来を実現する、ただそれだけのためにお父さんと契約を結んだだけ」

「最低だよな」

「あれは覚えてる？　アキがしつこくストーカーしてきて……」

「お前が無視するからだろ。歓迎会をやりたいのに」

「だからってあそこまでする？　人の家のポストをチラシで一杯にしたり、放課後に追いかけてきたり。……川に落ちてずぶ濡《ぬ》れになっちゃったし」

「や、まあ、あれは……若気の至りというか、なんというか。どうしても真白をみんなの輪の中に入れたくて」

「知ってる。アキはそういう人だもん。……はあっ、はあっ」

くすくすと笑う真白。走りながらなのですこし息が上がってきているが、表情はまだ余裕がありそうだ。

ひきこもりを脱して規則正しい生活をしているからか、あの頃《ころ》に比べて、ずいぶんと体力がついたもんだ。

「ねえ、あれは覚えてる？　カナリアさんの別荘で――」

思い出話が止まらない。

これまでの俺たちの軌跡が、真白の口から、よどみなく流れ続ける。

走馬灯《そうまとう》のように。

まるで旅立ち前に荷物を整理しているときに、たまたま開いたアルバムに見入っているかのように。

しつこいくらいに思い出を語り終えた頃には、二人ともだいぶ息が上がっていて。

「アキはさ、真白の彼氏なんだよね」

「設定上は、な」

「ならカノジョのお願いは絶対、だよね」

「法律上は何の義務もないけど、まあ、なるべくなら聞いてやりたいと思ってる」

「そっか。なら――」

さっきまで隣から聴こえていた真白の声がすこしだけ遅れて聴こえるようになった。

ふと気づいて足を止める。振り返ると、真白も立ち止まっていた。

昇りつつある朝陽《あさひ》を反射して煌《きら》めく前髪の隙間《すきま》から覗《のぞ》く、宝石みたいな目が俺をまっすぐに見つめていて。

「真白と別れてほしいの」

月ノ森真白は。

友達の妹で従姉妹《いとこ》で幼なじみでニセ恋人の少女は、俺に別れを切り出した。

＊

『いつまでも優柔不断なアキに愛想を尽かしてしまったのかな？』
『ありえる……』
『ありえると思ってしまうところがアキだよね。やれやれ、これだから鈍感クソ男は』
『オズ、最近真白の毒舌が感染《うつ》ってきてないか？』
『いやいや。僕は代弁者なだけだよ。いろんな人の、ね』

001

Tomodachi no imouto ga ore nidake uzai

第1話 別れたばかりの元カノ（偽）が俺とだけデート

俺《おれ》たちが宿泊しているホテルの1階には広々としたレストランがある。

大企業の新人研修、由緒《ゆいしょ》ある式典や有名歌手のディナーショー、果てはお見合いパーティーにまで使われる席数100を超える空間だ。朝と夜で内装もお品書きもがらりと変わるらしく、朝はビュッフェスタイル。部屋の中央に設《しつら》えられた配膳台の上には、色とりどりの料理や果物のたぐいが並んでいた。

今は午前8時。朝食は3クラスずつ、7時の部、8時の部、9時の部に分かれていて、うちのクラスはこの時間だった。

学生なら起きていて当然の時間だが、おそらく前日ろくに眠れていないのだろう、眠たげな生徒たちがふらふらしながら料理を取っている。

いくら特別な行事だからって睡眠不足とは。最近の若者は意識が低すぎるな、まったく。

盛大にブーメランが刺さった気がするけど、細かいことは気にしない。

出血多量で死んだとしても気づかなければ死んでない、が俺の信条である。何を言ってるかわからないと思うが、俺も何を言っているのかよくわからない。さすがに寝不足で頭が回っていないのと、今朝《けさ》真白《ましろ》にフラれたショックで脳味噌《のうみそ》がバグっていた。

「アキ、さては何かあったね？」

配膳台から自分たちの班の席に戻る途中、声をかけてきたのはオズだった。

「い、いきなり何だよ」

「いやだって、その盛り方は普通じゃないし」

そう言って指をさした先——俺の持つトレイの上には、からあげ、フィッシュ&チップス、アジフライ、フライドポテト、エビフライ、極《きわ》めつけに天ぷらまで。衣《ころも》をまとった食べ物だけで見事に茶色の山ができあがっていた。

「健康的な生活を意識してるアキが朝から揚げ物ばっかり……何らかのエラーを疑うのが当然でしょ」

「マジだ……全然気づかなかった……」

「無意識だったんだ……」

「体が自然に自滅を望んでいるのかもしれん」

「物騒だなぁ」

と言いながらもオズはニコニコしている。

人がけっこう真面目《まじめ》に悩んでるってのに、面白《おもしろ》がりやがって。

「で、何があったのさ」

「実はな……真白と別れた」

「え？」

驚いたように目を見開くオズ。

「別れたも何も偽の恋人だよね。《5階同盟》の就職のために契約したっていう」

「ああ。その関係を解消してくれ、って言われたんだ」

「ええっ、それは……ずいぶん急だね」

「本当にな。急すぎて俺もまだ理解が追いついてない」

今朝の真白との会話を思い出す。

あまりにも突然の申し出だった。

なんでいきなり？　なんで俺のことを好きだと言っていた真白が、わざわざ自分から？

もう俺のことはどうでも良くなったって意味なのか？

それとも何か他の理由があるんだろうか？

真白の別れ話を聞いてからずっと頭の中でグルグルと疑問が渦まいている。

昨夜の翠《みどり》の告白をきっかけに、浮かび上がった『好きな人』らしき女子の顔——。

自分自身の恋愛感情と向き合って、その意味にしっかりと答えを出さなきゃいけなくてただでさえ慣れないことで混乱してるってのに。

更に真白にフラれるなんて、意味不明な展開だ。……こんなもん、脳が破壊されちまう。

「でも勝手に別れるわけにはいかないはずだよね？」

「何故《なぜ》だか知らんが、月ノ森《つきのもり》社長は認めたらしい。《5階同盟》の条件は維持したまま、偽の恋人関係だけ解消していいって」

「なるほど。……あまりに都合が良すぎて、裏を疑いたくなるなぁ」

「だよな」

実際、俺も疑った。

だが本当のことを問い詰めようとした俺の問いに、真白は余裕たっぷりの微笑《ほほえ》みさえ浮かべてみせて。


『すぐにわかるよ』


とだけ言い残して、ホテルに引き返してしまった。

奇妙な匂《にお》わせ発言のせいで悶々《もんもん》とさせられたからこそ俺は、こうして朝食の時間になってもまだ不安定な精神状態になっているわけで。

「月ノ森社長に裏は取ったの？」

「ああ、ＬＩＭＥでな。詳しくは教えてくれなかったが、真白の言うことに嘘《うそ》はないらしい。『自立し、大人になった真白に明照《あきてる》君の庇護《ひご》は必要ないということだろう』――なんて他人事みたいに言ってたが、ありゃあ何か隠してる言い方だったな」

「やり手の社長だからね。腹芸なんてお手のものだろうし。うーん、悩ましい」

「ああ。そして何が一番悩ましいって――」

「オラァ！　遅いぞ大星《おおぼし》！　カノジョ様の真白ちんをいつまで待たせせんだよーっ！」

「――こいつらにどう説明すりゃいいんだってことなんだよなぁ……」

ひと足先に料理を運び終え、席で待ってくれていた他の班員たちが、焦《じ》れたように俺とオズを出迎えた。

班員たちというよりは、主に野生の勘と勢いだけで生きてそうな女子生徒――高宮明日香《たかみやあすか》が。

「お？　なんだ大星。ブツブツ言って、なんか文句あんのかーっ⁉」

「ねえよ。てか声がでかい」

「そっか！　まあいいや、早くごはんにしよう！　ねっ、真白ちん、京子《きょうこ》ちん！」

「ん。いただきます」

「……ふぇ⁉　ごごごごめん！　先に食べ始めてた！《はひにはへはひふぇへは》」

両手を合わせて静かに皿に向き合う真白の横で、文学少女ぽい女子――舞浜京子《まいはま》がスプーンを咥《くわ》えたまま慌てて謝罪する。

「おいおい京子ちーん。大人しい顔して食欲魔神じゃーん」

「ううっ、恥ずかしい。あんまり言わないでよぉ」

「いいじゃねえか高宮、こまけーことは言いっこなしだぜ。なぁ、舞浜！」

「って、そーゆー鈴木《すずき》も先に食ってるし。礼儀ってモノを知ってるのがあたしと真白ちんだけとか、最近の若い奴《やつ》はどーなってんだか」

班行動の最中に女子たちの会話を小耳に挟んだところによれば高宮は陸上部員らしい。野生み溢《あふ》れる言動が目立つわりに意外と礼儀にうるさいのは、体育会系だからだろう。

修学旅行で行動を共にするうちに、ずいぶんと彼らのことを知れた気がする。

個性は細かなところにごく自然に表れるもので。

たとえばビュッフェで集めてきた料理のラインナップ。高宮は赤身肉の料理を中心とした、たんぱく質たっぷりの皿。舞浜はスクランブルエッグとパンという女子力たっぷりなやつで、鈴木はヨーグルトとバナナとプロテインという筋肉に配慮したチョイス。

真白が焼き魚なのはまあよく知ってる真白のイメージ通り。

オズは……意外と栄養バランスが良い普通のメニューだったりする。

いや、実はこれについてはからくりがあってだな。ふだんの我が親友は朝食なんて栄養さえ摂れていれば何でもいいとばかりのサプリ漬けで、傍《はた》から見たら異様な光景になっちまうってことで、修学旅行中は絶対にやめろとよく言い聞かせておいたんだ。

食習慣にまで口を出すのは憚《はばか》られたが、これもオズが集団に溶け込むため。まあ、人の目がない場所でならいくらでもサプっていいけど。

しかしまあ、そんなふうに人の食事に口出ししていた俺なわけだが――。

……やっぱり、俺の皿の上に揚げ物しか載っていないのはどう考えても異常だよなぁ。

人のこと言えないな、これ。

若干の後ろめたさを覚えて、真白の顔をちらりとうかがいつつ――……。

「前、座るぞ」

「いちいち許可いらないから。早く座って」

「……おう」

おそるおそる、座る。

真白の塩対応には慣れてるはずなのに気まずく感じるのは、やはり朝の出来事を引きずっているからか。

それとも昨夜の翠に言われて自覚してしまった、あの感情のせいなんだろうか。

後者だとしたらあまり態度に出ないよう気をつけたほうがいいな。

こんな感情、他人に悟られていいことなんてない。

「大星さ、特進クラスの影石《かげいし》さんと何かあった？」

「あああああああるわけないだろおおおう⁉」

前振りなく核心を突かれて声が裏返る。

お願いだから野生の嗅覚《きゅうかく》で正解を引き当てるのはやめてくれ。

「な、何を根拠に言ってるんだよ」

「馬鹿《ばか》にしないでよ。あたしだって根拠なしに言ったりしないいし。ほらあそこ」

そう言って高宮が指さした先。そこは特進クラスの生徒たちが固まっている座席で、つまりあたりまえのように彼女もそこにいるわけで。

「わー、すごいね、影石さん。そんなに揚げ物が好きだったなんて知らなかったよ」

「え……あ、ほんとだ……。どうしてこんな脳の回転に悪いものばっかり……。破滅願望でも芽生えたのかな……あは、あははは……」

高々と積み上がった茶色の山を前に、ハイライトの消えた目を開いたまま笑う翠。

その様子を見てから、自分の目の前の皿に視線を戻す。

完　全　一　致　☆

負けず劣らず茶色だった。

「ほらぁ」

「うぐぐ……」

それ見たことかとドヤ顔になる高宮。

もちろんその程度の一致では何の証明にもなりゃしないんだが、論理が間違ってるのに結論は合ってるあたり厄介な勘をしてやがる。

影石さんと何があったのか話せよぉ、と前のめりで訊《き》いてくる高宮と、口には出さないものの目だけはきらきらしていて興味津々なのを隠せていない舞浜、便乗《びんじょう》し脇腹《わきばら》をゴツゴツした肘でつついて続きを促そうとしてくる筋肉の民・鈴木。

窮地に追いやられた俺が答えあぐねていると、思わぬところから助け船が出された。

「アキがおかしいのは真白のせいだよ」

真白だ。班員たちがくるりとそちらを向く。

焼き魚の骨を器用に箸《はし》で除きながら、真白は淡々と説明しはじめた。

「別れたの、真白たち。アキが動揺して、食生活が乱れそうなのは、たぶん真白が別れを切り出したせい。翠部長は関係ないよ」

「なーんだ、そうだったんだ。真白ちんにフラれたんなら、そりゃあ大星も変になるよねぇ。納得納得」

「待って明日香ちゃん。すごく大事な話をサラっと流してる！　えっ、えっ、真白ちゃん。今の話ってほんと？　大星君と別れたって」

「なにぃ、別れたぁ⁉」

「そもそもさっきの話の要点はそこなんだけど、明日香ちゃんって人の話を聞かないところあるよね……」

「ごめん。あまりにもありえない話すぎて脳がスルーしてた！　てかふつう別れる？　あんなに仲良しでラブラブだったのに。あれか！　成田離婚ってやつか！⁉」

いやその単語は新婚旅行のときにしか使わないだろ。

シチュエーション的には近いものがあるけど……。

「別れた。それ以上でも、以下でもないから」

高宮や舞浜の困惑した反応をよそに、真白はドライな態度を崩さない。

隣の席では鈴木が心配そうな視線を向けながら袖《そで》をめくり上げてちらりとさりげなく覗《のぞ》かせた上腕二頭筋をピクピクと動かしていた。心配するのか筋肉の躍動感を確かめるのかどっちかにしてほしい。

……まあクラスメイトたちにとっては、寝耳に水だろうなぁ。

もともと偽の恋人関係という事実さえ知らなかったわけだし。

「そんな……今日は修学旅行の目玉、自由行動の日なのに……こんなの、あんまりだよ……」

高宮の目が俺と真白の間を行ったりきたり。

ふたりの関係を我が事のように案じてくれるとは。やっぱり高宮の奴、なんだかんだで良い奴だなぁ――

「いや待てよ。別れたってことは、ふたりっきりで自由行動しないんだよね。んんん？　ってことは、あたしらが真白ちんを独占できるってことだから……前向きに考えたら、超おいしいじゃん！　やったぜ！」

「やったぜ、じゃないが？」

思わずツッコミを入れてしまう。

高宮を良い奴だと思ったのは間違いだった。コイツにあるのは直感だけ。善も悪もそこにはない。ただ、そんな高宮の裏表のなさは、今の俺にはありがたいのもまた事実だった。

「どこ行くどこ行く？　宇治金時《うじきんとき》でも食べに行く⁉　……むぎゅ」

「顔、近すぎ。食べに行かないから」

「ほえ？　ひっほにひっへふへはいほ？」

片手で頬《ほお》をぐいと押し返された高宮が、パンチを食らった瞬間のボクサーみたいな顔のまま何か言っている。台詞《せりふ》の内容はたぶん『一緒に行ってくれないの？』あたりか。

真白はつんと澄ました顔で。

「自由行動はアキとふたりで行く。……いいよね、アキ？」

「……え？」

何を言われたのか一瞬わからなくなった。

俺だけじゃなくて、この場にいる全員が同じ気持ちだったようで、班員たちは不思議そうな目で真白を見ている。オズだけが目を細めながら「なるほどね」とつぶやいていたが、いや、何が「なるほど」なんだろうか。無駄に謎《なぞ》の強者オーラを出してないで、俺にだけこっそりと答えを教えてほしい。

「嫌なの？」

「嫌、ってわけじゃないが。ええと、どう答えたもんか……」

「……（じーっ）」

返事に窮している俺に真白のまっすぐな視線が注《そそ》がれる。瞬きしないとドライアイになるぞ、と茶化《ちゃか》す気にすらなれないガン見であった。

偽の恋人関係を自ら終わらせてきた真白の真意は正直よくわからない。

偽の関係は終わらせたが、じゃあ、真白の本当の恋愛感情はどうなんだ？

まだ残っているのか、否《いな》か。

心底俺に愛想を尽かしたから偽の恋人関係を断ち切った、という可能性もあるにはある。

だけどこの修学旅行が始まる前の彼女の態度を考えたら、きっとまだ俺に対して、告白してきたあの日と同じ感情を持ってくれている……と、俺は思う。

だからこそ、この修学旅行――偽の恋人だとか関係なしに、真白に良い思い出を作ってあげたいと思ったわけで。

いまの真白の本音はわからない。だが、彼女の質問への答えは、ただひとつだ。

「……わかった。一緒に行動しよう」

「ん。ありがと」

自分の頭で考えた答えを絞り出すと、真白もそれを噛《か》みしめるように短く答えてうなずいた。

そうだ。きっとこれでいい。

俺が自分の回答に満足して、からあげに口をつけると——……。

「別れたのに一緒に行くって、どういうことだってばよ」

「新婚旅行ならぬ離婚旅行？　きゃーっ、よくわかんないけどエモい！　尊みの秀吉《ひでよし》！」

「恋人じゃなくなったけどセフレになったとか？」

「なにそれエロい」

「いやいやさすがにそんな爛《ただ》れた関係はありえないでしょ。男子エロ猿すぎ」

「大星が二股《ふたまた》してて月ノ森さんが愛人2号の座で収まることになったってマジ？」

……おい待て。いつの間にギャラリーができてたんだ？　しかも適当な風説ばっか流布《るふ》しやがって。

気づけば俺たちの席の周りにはクラスの連中が集まってきていて、聞き耳を立てていた。

どうやらほとんどの生徒に、俺と真白の恋人関係（偽）が終わったことと、それでも何故か自由行動日にデートするらしい情報が広まってしまったようだ。

いずれ広まる話だからべつにいいんだが、あんまりこの場所で騒いでほしくないな……と、視界の端で一瞬、翠と目が合った俺は、すこしだけ気まずい想《おも》いを抱えるのだった。

「ちなみにどこか行きたい場所はあるのか？」

「ある」

食後、空になった食器を載せたトレイを返却台に返しながら訊いた俺に、真白は即答した。

メモを確認することもせず、ずっと頭の中でその単語を準備していたとしか思えない滑らかさで、真白は行き先の名前を口にする。

「天地堂《てんちどう》エターナルランド」

＊

『えっ、アタシの出番は？　オズ×アキを筆頭とした熱いBL語りのシーンは？』

『ないです（無慈悲）』

『そんなぁ！　みんな大好き紫式部先生《むらさきしきぶせんせい》よ⁉　修学旅行の準備回では教師らしい真面目な一面が見れて、今までネタ枠だと思ってたけど魅力的なんですね惚《ほ》れました、今度から先生で抜きます、って感想もたぶんあったに違いないアタシの出番がないなんて大問題よ⁉』

『だからここに招待したんじゃないですか。いつもは僕とアキだけの空間なんですけど、今回は特別ですよ』

『えっ、何その意味深な台詞。あ、アタシとしたことが……小日向《こひなた》君とアキの間に挟まったらイケナイのに……ッ』

『やっぱりちょっとウザいので出てってください』

『ええっ⁉　なんてこと言うの、小日向君のドＳ！　そのＳっぷりはアタシじゃなくて愛するアキに向けなさい！』

『そのうち出番があるってことですよ』

『なーんだ。そういう話だったのね。フフフ。よーし、先生張り切っちゃうわよ〜！』

月ノ森さんと大星の関係について考察する会(4)

高宮明日香
みんなはどう思う!?

鈴木武司
おっ、何の話?

高宮明日香
グループ名を見ろってーの!

高宮明日香
月ノ森さんと大星の雰囲気ヤバいでしょー!　何があったか気になるーっ!

鈴木武司
わかる!　あれ超気になってた!

高宮明日香
だよねーっ!!

小日向乙馬
高宮さんって文章でも声が大きいんだね。

高宮明日香
文章に声とかないし!

小日向乙馬
あはは。高宮さんはホント面白いなぁ。

舞浜京子
ところで!　本題!　本題に行こう!

舞浜京子
月ノ森さんと大星君についてーっ!!

小日向乙馬
舞浜さん?

鈴木武司

筋トレしながらメッセ打ってるのか？

舞浜京子

なんでもないです……

高宮明日香

でさ、どう思うよ実際。ふたりの態度から予想！

高宮明日香

まだお互いに好き同士か、それとも愛は冷めてしまったのか！

小日向乙馬

素人質問で恐縮だけど、いいかな？

舞浜京子

学会……？

小日向乙馬

一般的に、人は好きな人に対してどういう反応を示すのかな？

小日向乙馬

それがわかれば、外から見たアキや月ノ森さんの態度で、好意の有無を推定できると思うんだ。

高宮明日香

すげえ！　天才か！

舞浜京子

明日香ちゃんは、どう？　好きな人に対して、やっちゃうこと。

高宮明日香

知らん！　初恋まだだし！

舞浜京子

えー……

鈴木武司

オレはつい相手に見惚れちまうな。目を奪われたまま、じーっと見ちまうっていうか。

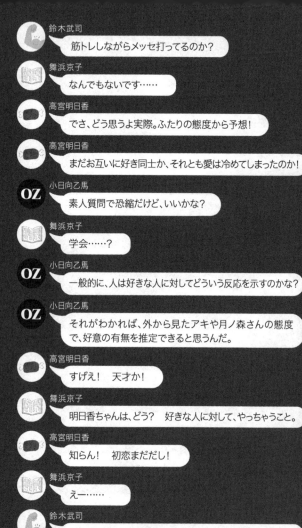

小日向乙馬
なるほど。好きな人なら1分でも1秒でも長くその顔を見ていたい、か。

小日向乙馬
納得の行動だね。

舞浜京子
そ、そうかな。

小日向乙馬
他の意見が？

舞浜京子
私は逆っていうか……あんまり相手の顔、見れないかも。

小日向乙馬
へえ、そういうのもあるんだ。

舞浜京子
う、うん。少なくとも私は、そうかな。

高宮明日香
(･∀･)ニヤニヤ

舞浜京子
もう！　そういう匂わせやめてよーっ！

小日向乙馬
ふーむ、なるほどねぇ。

小日向乙馬
まじまじと見てしまうか、逆に目を合わせられないか。

小日向乙馬
正反対の反応だけど、いずれも好意のサインなわけか。

小日向乙馬
うーん、アキはどっちなんだろうなぁ。

幕間●●●●彩羽と海月と音井さん

見慣れない天井《てんじょう》だ……。

ぼやけた目をこすって枕元《まくらもと》のスマホを手繰《たぐ》り寄《よ》せ、時計を見たら午前8時。

「――やば⁉︎」

学校に遅刻する、と思って飛び起きた私は、いまいる場所がいつもの自分の寝室と違うと気づいてピタリと止まる。

若い女の子の部屋らしさゼロ、壁といいベッドといい全体的にベージュっぽい色でまとまった落ち着いた雰囲気の空間だ。

窓にふらふら近づいてみれば、5階……では絶対にありえない絶景がこんにちは。

反射されて映っている美少女の顔は、トーゼン必然この私、友達の妹・小日向彩羽《こひなたいろは》です☆

寝起きのボケた頭で横ピースしてみせたり。

そんな無駄な行動をしてるうちに頭のエンジンがかかってきて、ようやく記憶が戻ってくる。

そうだ、私は平日にもかかわらず学校を早退&欠席し、海月《みづき》さんに誘われてハリウッド映画の撮影に同行することになったんだ。すぐそばでプロの現場を見学できるまたとないチャンスをつかんでこいと、友達の茶々良《ささら》に気持ちよく背中を押されてやってきた。

「おはジュール、彩羽ちゃん。そろそろ準備——おっと、お取り込み中する。してましたか」

「ひゃわっ⁉　みみみ、海月さん⁉」

あわてて顔の横の手を引っ込める、が、時すでに遅し。

窓ガラスの前で横ピースしている姿をバッチリ見られてしまった……め、めちゃ照れる！

そういえばすっかり忘れてたけど、昨夜は海月さんと同じ部屋に泊まったんだった。

50平米はある（らしい）スイートルーム。ふたりで寝泊まりするのに充分すぎる、ゆったりしたスペースだ。

最初は『同じ部屋、ホテル、連れ込み、彩羽ちゃんと愛、育みます』と誘われたから思わず何する気ですか⁉　と警戒態勢でガン逃げしようとしたんだけど、蓋《ふた》を開けてみたらこの広さの部屋で泊まって、単に寝る前に談笑して仲良くなっただけで済んでホッとした。……わざとなのか天然なのか間違った日本語を使われるせいで、妙に怖いところがあるんですよねー海月さん。基本は良い人なんですけどっ。

ただまあ今朝《けさ》も海月さんの自由すぎる性質全開といいますか、足音なく突然背後に現れたりするステルス性能を発揮されて、私はやっぱり慌てふためいてしまうわけで。

「こ、これは違うんですっ」

「ノン。鏡を見る、習慣づける、女優の責務。大事です。ワタシ褒める、褒めてあげます」

「えと、あはは。あ、ありがとうございます?」

よしよしと頭を撫《な》でられて、私は疑問符付きのお礼を言った。

褒めるポイントがいまいちわからない。海月さんとの付き合いはまだ浅いけれど、どこまで深くなったらこの人のことをつかめるんだろうか。マリアナ海溝みたいにまるで底が見えない。

もし万が一、月ノ森《つきのもり》海月という人間を演じてほしいと依頼されたら、ためらいもせずに一秒で「無理です☆」と返しますね。うん。

でも、それは現時点の話。いつかできるようになってみせる。そのために、私はここに来たんだ。

海月さんはひとしきり私の頭を撫でた後、さあ、そろそろ行きますよと私の背を押した。

午前の撮影が始まるらしい。

私はあわてて昨日のうちに買っておいたゼリー飲料をちゅうっと高速吸引し、身だしなみを整えると、海月さんからすこし遅れて部屋を飛び出した。


行き先は祇園《ぎおん》の一角。

時代劇でしか見たことがないような木造建築に左右を挟まれた石畳のレトロな道を、草履《ぞうり》を履《は》いてすり足で、ふたり連れの舞妓《まいこ》さんたちが歩いている。

道の先には五重塔《ごじゅうのとう》が見えていた。

東京ならスカイツリーやら東京タワーが見えるところですが、そこはさすがに和の代名詞、京の都って感じ。

そうですよね！　これが京都《きょうと》ですよね！

駅前では見れなかったＴＨＥ京都な光景に、ようやく京都に来た実感が湧《わ》いてホッとする。

――と、そんな古風極《きわ》まる街並みの一角で。

「This way!（こっちやこっち！）」

「The work of the lighting team is delayed!（照明部のみんな、遅れんといてやー）」

場違いなほどネイティブな英語が飛び交っていた。

道の一部に通行制限をかけた上で、ハリウッドの撮影班の人たちがキビキビと動き回っている。

何を話しているかは正直よくわからないけど、表情を見るだけで真剣さが伝わってきて出演するわけでもない私まで緊張してきた。

完全に道を封鎖するのは無理みたいで、一般の通行人もすぐ近くを通っていく。

あきらかに何かの映画を撮っている光景が物珍しいみたいで、大勢の人が遠巻きに見ていた。

すぐ近くに和スイーツのお店があって、店先の縁台に座りながら眺めている人もいる。

たとえばあの学校の制服を着た赤毛の人とか。

修学旅行中の高校生かな？　ぼーっとした眠たそうな目で、まるでナマケモノみたいな脱力感の女子生徒がこっちを見てる。

「……ん？」

その人と、目が合った。

ハリウッドの撮影班を見てる……というより、何か私のことをじっと見てるような。

「……って、あああああ！」

私が声を上げた瞬間、向こうも確信したみたいで手を振ってきた。

すこし距離が空いてたからすぐに気づかなかったけど、あの赤毛の女子生徒、知ってる人だ。

ていうか、音井さんだ。

よく見たら着てる制服もうちの学校だった。

「なんでここにいるんですか⁉」

「おー、小日向。やっぱお前だったかー。なんでここにってのはウチの台詞《せりふ》なー」

「たしかに！」

駆け寄りざまにツッコミを入れたら、すかさず鋭いカウンターをぶちこまれた。

言われてみたら修学旅行に来てる音井《おとい》さんよりも私のほうがＤＡＮＺＥＮ不自然ですね☆

ていうか音井さんがここにいるってことは近くにセンパイもいたり……？

そう思ってキョロキョロ辺りを見回していると——……。

「アキならいないぞー」

「ふぇ⁉　や、やだなぁ。そんな言い方、まるで私がセンパイに会えることを期待してるみたいじゃないですかー」

「そこ、ウチに隠す意味あるか？　まーどうでもいいけどー」

「ぐぬぬ。それは、まあ……」

私がセンパイのこと好きだって、音井さんは知ってるし、今更と言えば今更か。

でーもー、私がセンパイに意識持ってかれてるって認めるのは何か悔しいっていうか、否定しておきたい乙女《おとめ》心なんですよーだ。ばーかばーか。……あっ、これセンパイに対しての馬鹿《ばか》なので音井さんに対してじゃないですごめんなさい許してくださいい心の声を読まないでください。

「てか、音井さんも変じゃないですか」

「んー、何がだー？」

首をかしげる音井さん。そんな彼女の周りには、センパイどころか他の同級生の姿すら綺麗《きれい》さっぱり見当たらないわけで。

「修学旅行ってふつう集団行動じゃありません？　なんでこんなところでひとりで和スイーツ食べてるんですか」

「今日は自由行動日でなー。ひとりひとりが自由に行き先を決めてよくてなー」

「だからって和スイーツを食べてるだけって……」

音井さんの手には抹茶《まっちゃ》パフェのグラス。白玉とフルーツをふんだんに詰め込んだ上に緑色のアイスクリームをのせた豪華なそれにスプーンを差し入れて大きく掬《すく》い取ると、その山を口に持っていきつつ、んまんま、と無表情で幸せを噛《か》みしめている。

どう見てもただの観光客です。本当にありがとうございました。

「で、お前は何やってんだー。学校はどうした、学校はー。けしからんぞー」

「口にクリームくっつけたまま説教されてもなぁ」

とあきれつつ、私は事の経緯を説明した。

真白《ましろ》先輩の母親にして海外のスターでもある海月さんの仕事現場に同行させてもらい、勉強させてもらうために学校を休んでここに来た……と。

海月さんには『黒山羊《くろやぎ》』の声優をしている事実も何もかも見破られていること、ある程度、協力的な態度を取ってもらえていることなんかも説明していき――……。

「白玉うまー」

「ほんとに聞いてました？」

「ウチの小日向がハリウッドでもウザい、ってところまで聞いたー」

「そんなタイトルみたいなことひと言も言ってないです」

「やーほら、説明パートって退屈じゃんよー。お前だってアニメで状況説明始まったら適当に聞き流すだろー？」

「そりゃあそうですけど。私、アニメじゃないんですけど」

なんて、慣れ親しんだ音井さんと漫才みたいなことをしてたら、撮影班のほうから海月さんが歩いてきた。

「HEY！　彩羽ちゃん、離れてはダメ。いけませんよ」

「あっ、ごめんなさい！　すぐに戻ります！」

「もしかして、学校のお友達。学友。交友深めてましたか？」

海月さんが音井さんのほうをちらりと見て言う。

昨夜の雑談で二年生が修学旅行だってことは教えていた。ワンチャン、センパイを見かけたら教えてくれるかもだしって下心もありつつ……こんな形で話が早く済むとは思ってもみなかったですけど、さすがセンパイの後輩彩羽ちゃん、効率的ですね☆

「友達といいますか、学校の先輩です。『黒山羊』の収録でもお世話になってるサウンド関係のエンジニアさんで」

「OH、そうでしたか。キーマン、重要人物、影の支配者。強者のオーラを感じます」

「ははは。面白《おもしろ》いなー、このお姉さん。自分も強者のオーラぷんぷんに匂《にお》わせておいて、何か言ってんぞー」

「あの、目上の人なので。指さすのはどうかと思います」

音井さんの所作にお小言を言いながら、何かおかしな雰囲気を感じ取る。

気のせいだろうか、音井さんから海月さんに対して微妙にネガティブな感情が向けられているような。

「お近づきのしるしにー、ひとつ聞かせてくれるとうれしいんだがー」

タメロー！　音井さん、年上にもめっちゃタメロー！

解釈一致といえばそれまでなんですけど、すごいなこの人！

「ウイ。なんでも聞いてください。どんな質問でも包み隠さず話します。全裸です。ワタシ、嘘《うそ》をつく、偽る、苦手、一番」

「女優が嘘が苦手ってのはそれこそ嘘だよなーってツッコミはともかくー」

音井さんはちくりと皮肉を混ぜて、

「小日向の才能を見抜いたってのは、ほんとかー？」

「女優の資質は女優が一番理解してる。してます。疑いの余地ある、ありますか？」

「んで、自分なら小日向の才能を伸ばして育てられる、ってー……そー申し出たそうじゃないかー」

「育つ環境なく、皆無、見えました。あまりにも可哀想《かわいそう》、もったいないのでワタシ引き受けたく思ったのです。それ以上、以下、どちらもありません」

ピクリ、と音井さんの眉《まゆ》が動いた。

表情に乏しいこの人にしては珍しく、あきらかに海月さんの言葉に苛立《いらだ》ちを覚えているよ

うで。

「確かに環境は不十分かもなー。……だが声の演技については、音響監督やってるウチでも、ある程度は育てられるんだわー」

「OH。声優の世界はそういう側面もある、ありますか。それは一理ある、ありますね」

「一流の人間てやつは、自分だけの才能を万人に成立するとか思い込んで、間違った指導をして潰《つぶ》しちまうことも多々あるんでなー。一流の女優の気まぐれで、小日向に変な癖《くせ》を植えつけられちゃ困るんよなー」

――どうしよう滅茶苦茶《めちゃくちゃ》ピリピリしてる！

私のために争わないで！　的なシチュエーションですが、こういうのはふつう、野郎ふたりとかでやるものじゃないですか？　なんで女性ふたりで私を巡って対立してるんですか？　こんな光景、紫式部先生《むらさきしきぶせんせい》に見られた日にはまたナマモノ百合《ゆり》カップリングとして扱われてしまうんですけど！

なんて、ふたりの間で私がわたわたしていると、

「hurry up! It's about time to start!（そろそろ始めるで～、はよ来てや～！）」

「F●ck!（はい、わかりました。すぐに行きますね～）」

撮影班のほうから大声で呼ばれて海月さんは、振り返りざま、にこやかに答えた。

表情と単語とそこに込められたメッセージがぜんぜん噛み合ってない気がしたけど、たぶん

気のせいだと思う。

「音井サン、でしたか。あなたも彩羽ちゃんと一緒に見学する、したい、どうですか？」

「……いいですね！　一緒に行きましょう、音井さん！」

海月さんの提案にすかさず便乗《びんじょう》した。

どっちのことも好きな私としてはふたりがバチバチなままでいるのは嫌だった。

あと正直なところ周り全員英語で完全アウェーよりは、よく知ってる人と一緒のほうが安心するし……なんて、ちょっと情けない考えもあったりして。

気持ちを込めて潤んだ瞳《ひとみ》で見つめると、音井さんは頬《ほお》を掻《か》きながらすこし考える。

そして、残った抹茶パフェを大胆にスプーンで掬い、白玉もフルーツもクリームも何もかもを無差別に口の中に放り込むと――……。

「まー、一流の現場を見るのも勉強になるしなー。一緒に行くとするかー」

「やったー！」

「えーっと、海月さん、だっけー。知らんけどー、まー、よろーってことでー」

「はい。音井サン、よろしく、よろー、お願いする、します」

緩《ゆる》い挨拶《あいさつ》を交わすふたりを見て私はホッとひと息。

第一印象こそお互い微妙かもしれないけど、一緒に行動していけばそのうち打ち解けていきますよね？　大人ですもんね、ふたりとも？　や、音井さんは高校生だけど、精神年齢的に。

「あ、そうだ」

ふと、海月さんが、音井さんを振り返る。

「ワタシ、若い女の子。下の名前、ちゃん付け、フレンドリーに呼びたい。呼びます」

「あああああ！」

「？　突然奇声、大声、驚きました。どうしましたか、彩羽ちゃん」

「音井さんに下の名前を訊くのはNGなんです！　地雷なんですよっ」

「なぜですか、下の名前呼ばれるの光栄、フレンドの証《あかし》です。恥ずかしいことでもないと思う、思います。――それとも恥ずかしい名前、可能性ある、ありますか？」

「…………」

この音井さんの無言が怖い！　ランキング堂々の一位です、嬉《うれ》しくありません！

どうしてこんなにも嚙み合わないんですかこのふたりは⁉

「フーム、年頃《としごろ》の娘、難しい。真白と同じ、難易度高めです。どこに地雷があるか不明、わかりませんね。……では、ひとまず音井サンと呼ばせてください。くれますか？」

「ん。とりあえずそれでー」

「ウイ。了解する、しました。――さあ、行きましょう」

「……！　は、はいっ」

台詞の後半で海月さんのスイッチが切り替わったのがわかった。

女優としての表情。仕事に向かうときの表情。

どこかとぼけたところのあるミステリアスな美女ではなく、言葉では表現しにくいけれど、何かべつの人格が顔を出した感じ。仮面をかぶっているというよりは、自分の中から出てきた何かに顔が覆《おお》われてるような。

海月さんの横顔にあらためて気を引き締め直して、私も彼女の後について撮影班に合流した。

＊

撮影中の現場は肌がちょっと痛いくらいにひりついていた。

監督、助監督、撮影、照明、エトセトラ……役者だけでなく、大勢のプロフェッショナルが笑顔もなく真剣に向き合い、1カット、1カットを丁寧に撮影していく。

長回しのシーンなんかは特にひりついていて、役者が台詞を間違えたり芝居が崩れたりするたびに十数分にわたる撮り直しが発生し、見ているだけのこっちまで居たたまれない気持ちになってしまう。自分も役者を目指してるからこそ、ミスってしまった演者の心が想像できて膝《ひざ》が震えた。

海月さんはミュージカルシーンでの登場だった。

京都の古風な街並みを背景に、舞妓の衣装を着た集団がブロードウェイのパフォーマンスで歌って踊る。

下駄《げた》で動きづらそうなのにステップが軽《かろ》やかで不自由さをまったく感じさせない。着物の袖《そで》がひらひらと揺れていかにも大画面映えしそうだった。

「わぁ……」

さっきまでとぼけた会話を繰り返していたはずの海月さんが、まるで別人のように輝いていて、私はぽかんと口をあけたままその姿に魅入られてしまった。

自分もあんなふうに表現したい。

舞台の上で、カメラの前で、全力で役を演じて、作品の世界を彩りたい。

そんな憧《あこが》れの気持ちが胸の中でどんどんふくらんでいく。

現場を見に来れて、ほんとによかった。

出来上がった作品を観《み》ているだけでは気づけないことがたくさんある。

たとえば――……。

「映画のミュージカル部分って、撮影のときも歌うんですね。てっきり音は編集でつけるんだと思ってました」

「んや、いま歌ってるあれは、ほとんど使われないと思うぞー」

「えっ、そうなんですか？」

驚いて隣を見る。

口に咥《くわ》えたチュパドロの棒を上下にぴょこぴょこ動かしながら、音井さんが言う。

「外で歌を収録すると余計な音まで拾うからなー。まーいまの技術ならあとでノイズ取るのも簡単だけど、クオリティ重視するならふつうは後入れかなー」

「じゃあ役者さんは、実際には使われないのに歌ってるんですか？」

「口パクってけっこうむずくてなー。……小日向さ、ひとつの曲を、正しい口パクで、最初から最後まで歌い切れるかー？」

「あーそう言われると、ちょっと自信ないかも」

「だろー？　口の開き方って、実際に声に出してみないと正確に再現しきれんのよなー。まー頑張ればできなくもないだろうけど、そんなめんどいところにスキル割り振るぐらいなら普通に歌っちゃったほうが早いんだわなー」

「ほえー。なるほど」

やっぱり音井さんはすごい。音にまつわる技術の話がこんなにスラスラ出てくるなんて。

他にも驚くべき部分はたくさんある。

「意外とCGが使われてない場所もあって、めちゃ驚きました。建物の壁を忍者みたいに走るアクションとか、二階から飛び降りるところとか……。役者さん本人が生身でやってるとか、肉眼で見てもぜんぜん信じられませんよっ」

「いまの時代でも、意外とアナログなんよなー。カーチェイスのシーンで実際に車何台も潰《つぶ》したり、戦争映画では火薬使いまくって実際に爆発《ばくはつ》の真ん中を役者が走り抜けたりみたいなのも多いっぽいぞー」

「過酷！　役者って命懸けなんですね……私も鍛えて爆発耐性をつけるべきですかね……！」

「危険な撮影だけそれ専門のスタントマンを使う場合がほとんどだけどなー。ハリウッドだと、そもそもあーいうアクションができる俳優が呼ばれることも多いらしいなー。だから他にない秀でた一芸があると抜擢《ばってき》されやすいんだとー。知らんけどー」

……音井さん、いくらなんでもすごすぎませんか？　音にまつわる技術の話じゃなくても、こんなにスラスラ出てくるなんて。

私が感心しすぎて茫然《ぼうぜん》としているのに気づいたのか、音井さんのチュパドロ棒がピンと上を向いたまま止まる。

「んー、まー、あれだー。エンタメの音響について勉強してるとなー、どーしても演出全般の知識を入れないと始まらない部分があってなー」

「なるほど、それで詳しいんですね」

「そゆこと」

納得した。そして、尊敬した。

いつもぐーたらで「怠惰《たいだ》」って単語が服を着て歩いてるみたいな人だけど、「音」についてはいつでも真剣。

ルール非公開の地雷ワードがあったり、厳しくて怖いところもあるからふつうの人は近づきがたいかもしれないけど……。

私にとっては、センパイと同じ。ずっとついて行きたいと思える、お姉ちゃんみたいな人だ。

「にしてもあの人、すごいなー」

「海月さん」

「そ。……まー、小日向の親役を横取りされるのは癪《しゃく》だが、それはそれ。これはこれでなー」

「横取りって。大げさですよぅ」

べつに一枠しか空いてないわけでもあるまいし。

恋人の座だったら一枠ですけどね！　くそう、センパイと真白先輩、今頃《いまごろ》なにやってるんだろうなぁ！

……と、煩悩邪念《ぼんのうじゃねん》はいったん捨てて、目の前の海月さんの仕事に意識を戻す。

「本業はブロードウェイ女優。つまり映画の出演はいわばサブの仕事ってことだろー？」

「演技の仕事って意味ではどっちも同じですよ」

「そらなー。でも、舞台が違えば求められる芝居も変わってくる。自分自身の魅せ方も」

「確かに……」

感覚では、その場その場で役に入り込めば乗り切れるんじゃないか、と思っていた。

でもあらためて言葉にされると、確かに舞台の違いは大きいかもしれない。

収録ブースの中を舞台にした、声優の経験。その応用で演劇大会に通用してしまったことで、私はちょっと勘違いしてたかも。

学生レベルなら互換で乗り越えられたとしても、それ以上——それこそ、一流のプロの現場では通用するかどうか。

「あの人は演技もそうだけど、『華』がレベチなんよなー」

「『華』ですか?」

「そ。観客の目を惹《ひ》きつけて離さない魅力」

「すごく美人ですもんねぇ」

「そーゆーんじゃなくてな」

「えっ」

違うんだろうか?

確かに役者は見た目がすべて、というわけじゃない。でも舞台の上でどんな人物が輝けるか、圧倒的なオーラ、カリスマを感じさせられるかというと、やっぱり美男美女のたぐいなんじゃと思ってしまう。

「べつに美人じゃなくてもいいんよー。キャラの濃さ、唯一無二《ゆいいつむに》感。一度見たら忘れられなくなる感じってゆーかー」

「わかるような、わからないような……」

「自分の魅せ方を知らないと、舞台を変えたら『華』が消えたりするんよー。たまにいるだろ。テレビに出てたら面白いのに、自分の動画チャンネルで配信すると途端にオーラなくなっちゃう芸能人」

「危ない橋を渡りたくないので個別具体的な名前は出さないようにお願いしまっす！」

「たとえば五年前までテレビに出てたお笑い芸人の――」

「――だから言わないでくださいってばあああ！　どーしてそーゆーことするんですか⁉」

下手《へた》な地雷を踏んでテレビ業界から反感を買って彩羽ちゃんの劇的テレビデビューへの道が閉ざされたらどう責任取ってくれるんですか、まったく。

「でまー、あの海月さんってのは、映画の中でもお構いなしに輝いてるんだよなー」

あたふたする私をよそに、音井さんは咥えた棒の隙間《すきま》から、ふぅー、と息を吐き出して。

「もしあれがただの天性の才能じゃなくて、何かしらあの人が積み上げてきたスキルなんだとしたら。本気で弟子入りしたほうがいいかもしれんぞー」

「弟子入り……」

口にしてみても、その単語に現実味を感じられない。

仕方ないですよ。だって、ブロードウェイ女優ですよ？　接点を持ててること自体、いまだに奇跡としか思えないのに。

「メイン職種が声優の小日向が、サブ職種で劇やら映画やら、いろんな場所で活躍できるようになるヒントが手に入るかもしれん。……あの人が協力的だっていうなら、頼っておいて損はないだろうさ。悔しいけどなー」

「そう、ですよね。私が羽ばたくためにも、このチャンスは――」

――大事にしたほうがいい。

一流の現場を間近で見て。海月さんの輝きを目の前で見て。

いま、ここにあるチャンスがとても貴重で尊いものだって、嫌というほど理解できた。

世界の広さも。

そして深さも。

「――私、決めました」

何を、とまでは言わなかった。

言うまでもなく、音井さんには伝わってるから。

「ん。いいと思うぞー。……たぶんなー」

＊

「Thanks there hard work.（皆さんお疲れサマサマやでぇ～）」

「Meet at the next location!（各々《おのおの》次のロケ地で集合しようやないか！）」

正午をすこし回ったあたりで午前の撮影は終了した。

祇園の街並みで許可が下りていた時間帯が過ぎそうとのことで、すかさず撤収。次の現場に向かう準備を始めた。

私は主に海月さん陣営としてマネージャーさんたちと一緒に、移動用の大型バンへと荷物を運び入れていく。付き人扱いで来てるから、これぐらいの雑用はどんとこいだ。

……音井さんはあたりまえの顔でサボってるけど。まあ、もともと修学旅行中の音井さんは無理に同行させられてるだけだし、手伝う義務はこれっぽっちもないんですけどね！

「ありがとメルシー。荷物運びとても助かる、助かります」

「あ、いえいえ。これぐらい私の後輩力にかかればお手のものですよ！」

バンの後部座席、シートの左隣（ちなみに右隣は音井さん）に腰を下ろした海月さんにお礼を言われ、私は力こぶを作ってみせた。

「貴重な現場を見せてもらってるんで、その代金って考えたら安いぐらいですって」

「フフ。いい笑顔。見せる、幸せ。ワタシも嬉しくなります」

「えへへ」

海月さんの優しさがこそばゆい。

そして、さっき決意したことを切り出すなら今だ、と思った。

私はすこし深呼吸して息を整えると、まっすぐに海月さんの目を見て言った。

「あのっ、弟子入りの話なんですけど」

「その顔、決意、滲《にじ》みます。心が決まる、決まりましたか?」

「……はい」

重くうなずく。

ありがたいことに前回は海月さんのほうから私を弟子に取りたいと誘ってくれた。

でも違う。これは海月さんの希望を叶《かな》える一歩ではなく。

あくまでも私の人生の一歩。

だから――……。

「私からあらためてお願いします。海月さんのすぐ近くで、海月さんの役者としてのすべてを、盗ませてください!」

言った。

言ってしまった。

人生を大きく変えるかもしれない、これがゲームなら物語の結末さえ変えてしまう選択肢。

セーブも保険も何もなく、当たって砕けろの勢いで、口にした。

海月さんは、しばらく無言でいた。

頭を下げてるから見えないけど、なんとなく彼女の視線がじっと私のつむじに注《そそ》がれ続けている気がした。

「ワタシの仕事する姿、どうでしたか？」

「あっ、えっと……」

唐突に切り出されて一瞬言葉に詰まる。

でも素直な感想は常に引き出しの一番手前にあったから、詰まったのはたった一瞬で済んだ。

「すごかったです」

「どんなところが？」

「しゃべるだけで思わず目が吸い寄せられて……ミュージカルシーンなんて100人近くの役者やダンサーが踊り回ってるのに、どうしても海月さんを見ちゃって。カメラでフォーカスされてるならともかく、カメラを通してないのにこれなんですよ。中心で一番光を放ってる星っていうか、ふだんは『月』のイメージなのに本番中はずっと『太陽』っていうか――」

「OH。語りますネ」

「――って、ああっ⁉　ごごご、ごめんなさい生意気でっ」

「フフ♪」

海月さんが口に手を当てて上品に笑った。

紫式部先生ばりのオタク特有早口を展開してたのが急に恥ずかしくなって、私は縮こまった。

私の素人《しろうと》論評なんかなくても海月さんがすごいのは周知の事実なのに。

何を必死になって魅力を語ってるんだ、私は。

「初々《ういうい》しくて良き、素晴らしき、です。でもワタシは、もうひとつ、べつの方向性で答えを聞かなくてはなりません。――ワタシがすごい、と。感想は、本当にそれだけですか？」

「……………。……いえ」

お腹《なか》の底の底の底まで、全部を見破られてるような感覚があった。

映画に出演する海月さんの姿を見て感じたのは、尊敬とか憧れの感情だけじゃなかった。

自由な舞台で。自由な表現で。

誰《だれ》に憚《はばか》ることなく輝きを放つ彼女の姿が――……。

「――羨《うらや》ましい、って。なんでかわからないんですけど、そんな言葉が、頭の中に」

「自信満々、唯我独尊《ゆいがどくそん》、喧嘩《けんか》上等ですね」

「えぇっ⁉　なんでそうなるんですか⁉」

「羨み、つまり妬《ねた》みと近似してる、してます。そしてその感情は、手が届きそうな相手にしか生まれません」

「そ、そうですよね！　一流の女優さん相手に羨ましいなんて、おこがましいにも程がありますよね！　すみませんでしたっ！」

全力の後輩力を以《も》って頭を下げる私。

自分の思い上がりがいまさら恥ずかしくなって、火を噴きそうなぐらい顔が熱くなる。

「ゆ、許してもらえますか？」

「許す？　……ノン。あなたは何か思い違いをしてますね」

「ひえっ」

消される？　私、消されちゃうんですか⁉

ただならぬ雰囲気に震え上がり、青ざめる私。

そんな私を、暗殺者の如《ごと》き鋭い目でじっと見つめていた海月さんは、

「許すも何も――合格です♪」

優しくにっこり微笑んで、弾んだ声でそう言った。

「えっ？」

「女優、才能ある人、大勢いる。います。激しい競争、血沸き肉躍る戦い、勝ち、頂きに至るのは、嫉妬《しっと》深く、執念深い子だけ。――ワタシ、そう思う。思います。だから……」

白魚《しらうお》みたいな、っていう陳腐な表現がこんなにしっくりくるのも珍しい手が、私の頬を優しく撫でる。

……不思議だ。

他人に顔を触られたらふつうは嫌だと感じてとっさに避《よ》けたくなるのに、海月さんの手には身を預けたくなってしまう。

「だから……すこしあなたを試す、試しました。もし彩羽ちゃんが役者に向いてなさそうなら、誘い受け、ごめんなさいですが、弟子入りの話、なかったことする、しました」

なんてことだ。

自分から弟子にならないかと誘ってきたのに、サイレントで試されてたなんて！　えげつなさすぎる罠《わな》。

これが大人の世界、これがプロの厳しさ！

「でも、もう大丈夫。安心、安全、オリンピックの如し、です」

「ちょっとなに言ってるかわかりません」

「彩羽ちゃん、教える、決意固まりました。ワタシ、心決め、お薬キメません」

「台詞の後ろのほう要りませんよね？　なんでわざわざワンチャンで危険な表現を混ぜようとするんですか」

「ただ、一個だけ懸念《けねん》。弟子入り前に、ケジメ案件。エンコ。地獄の沙汰《さた》、筋通す必要ある、あります」

「だからなんで物騒な表現を……って、あー」

ツッコミを入れかけてストップ。

いまのはおふざけなんかじゃない。実際のところケジメをつけなきゃいけない件はあった。

海月さんはママと友達同士、らしい。

しかも以前に弟子入りのラブコールをされたとき、何かママと私の関係を知ってそうな匂わせをされたりもした。

私はママの過去にそこまで詳しくない。だからママと海月さんがどんな関係なのかはぜんぜん知らない。

だけどふたりの雰囲気からして、あきらかに昨日今日の付き合いではなさそうだ。

だとしたら、ママにひと言も通さずに私に女優の手ほどきをするなんて、裏切り以外の何物でもないんだろう。

——言わなきゃ、なのかな。

ママに。

役者に挑戦したい、って。

「結論、先延ばし、日本人の悪い癖。でもワタシ、それ慎重呼ぶ、好き、尊重します」

「優柔不断な自覚はあります……うぅ～」

「フフ。悩め若人、そのぶんだけ強くなる、です。……でも時間制限、時限爆弾、爆発、する、します。つぎの行き先、彩羽ちゃん、考える時間、猶予なくす。可能性、ポテンシャル、ある、あります」

「えーっと、言ってる意味がいまいち……」

「そろそろ行き先の看板、クソデカ屋外広告、主張激しい、見えてきました」

「あっ、天地堂《てんちどう》……エターナル、ランド」

車の窓の外、ガラス越しに見た道路に面したところに看板がある。

「え、ええーっ⁉　行き先ってここなんですか⁉」

「そう。ここで撮影ある、あります。何か問題ある、ありますか？」

「うぐっ……えーと、その、うぅ……」

もごもごと口ごもってしまう。

ママは天地堂の社長だ。

それに私がいま無断でここに来れているのは、ママが本社の仕事のために家を空けてるからで。

つまりママがそこにいるかもしれないわけで。

「あ、あの、社長が直々《じきじき》にランドに来たりは……しない、ですよね……？」

「フフ。さあ、どうでしょう」

大企業の社長といえば、いろいろな場所を飛び回ってるか、大きい椅子でふんぞり返ってるイメージしかない。

天地堂の直営遊園地とはいえ、わざわざ社長自ら視察をしたりしない……と、思うんだけど。

ニコニコしてる海月さんの顔を見てると、何か重大な見落としをしてるんじゃないかと心配になってきて、妙に胸がドキドキした。

うぅ～、どうかママと遭遇しませんように！

両手を合わせて神頼み。

すると、隣（海月さんとは反対側）で音井さんが身じろぎした。

「んっ……んんぅ〜。ふぁぁ……どうした、小日向」

寝ていたらしい。

あくびを漏《も》らしながら、私のしぐさを怪訝《けげん》な目で見てくる。

「行き先が、天地堂エターナルランドらしくて」

「おー、楽しそうじゃんかー。なんで微妙な顔してるんだー？」

「ワンチャン社長がいたら気まずいなーって」

「ははは、おもしろいなー、小日向は。社長の動向なんて気にする奴《やつ》がいるかー？」

「え？　あ、あー」

そうだ、音井さんは天地堂の社長が天地乙羽《あまちおとは》——小日向乙羽だって知らないんだった。

そりゃそうですよね、私だって最近知ったわけで。

「てか社長が直々にランドに来るわけないだろー」

「あの、音井さん。さっき私が言ったセリフを繰り返されるとフラグっぽくて怖いんですけど」

「まさかー。現実にフラグなんてあるわけないだろー」

「で、ですよねー！　あは、あはははは」

楽天的なノリの音井さんに釣られて、私も笑ってしまう。

「てかＴＥＬ《天地堂エターナルランド》地味に楽しみだなー。あそこのパンケーキサンドとフルーツクリームソーダが、けっこう評判よさげでなー。一度食べてみたかったんだ」

間延びした声の中にほんのりと嬉しそうな感情が混じる。

甘いものの話をするときだけは、ふだんの大人びた音井さんの中に、同年代の女の子みたいな素直な可愛《かわい》さが覗《のぞ》くんだよなぁ。

……それにしても、ママが天地堂の社長だって説明するタイミングを逃してしまった。

事情を説明したら音井さんはたぶん「降りる」と言い出す。

私を守るために。

社長と遭遇する確率が果てしなくゼロに近いとしても、万にひとつの賭《か》けはせず、安全策で、私の手を引きこのバンから飛び降りる。

天地堂エターナルランドに行きたいっていう、自分の気持ちを後回しにしてでも。

行きたがってるとわかっちゃったいま、ここで水を差したくはない。修学旅行中の音井さんをここまで引っ張ってきてしまったのは私だ。だったらせめて音井さんには楽しみにしているスイーツくらい食べていってほしかった。

大丈夫、ランドで何か起きたりしない。ママとも会わないし、ただ撮影現場で勉強して、ちょっと楽しんで終わりだ。

――よし、切り替えた！

「音井さん！」

「んー？」

「楽しみましょう、天地堂エターナルランド！」

「急にテンション上げてきたなー。おまえも食べたいのか、パンケーキサンド」

「YES、マム！　スイーツ、貪《むさぼ》り尽くしますよーっ！」

「おー」

ふたりで思い切り腕を突き出し、スイーツ宣言。

大げさな身振りと無理矢理な大声だけど、形だけでもポジティブにしておくと、釣られて心も自然と盛り上がってきた。

もう片方の隣では海月さんが微笑ましそうに笑っている。

そうだ、これこそ京都旅行。

映画の撮影に同行するっていう、人生でそう何度も味わえるわけじゃないビッグイベントの真っ最中。

心配事なんて綺麗さっぱり忘れて、全力で楽しまなきゃ損ですよね！

…………………。

…………。

……でも、センパイと一緒に来れたらもっと楽しかったんだろうなぁ。

interlude

Tomodachi no imouto ga ore nidake uzai

幕間●●●●●なまことカナリア

売れっ子スーパーアイドル編集、綺羅星金糸雀《きらぼしカナリア》の朝は早い。

都内某所。日本の最前線をひた走るIT企業群を擁《よう》したビルが建ち並ぶ中、ひときわ存在感を放つ超高級タワーマンションの一室。52階建ての、52階。ひとり暮らしには贅沢《ぜいたく》が過ぎる、大きなダブルベッドから身を起こして窓から射《さ》し込《こ》む朝陽《あさひ》を浴びる。

時刻は午前7時。昨夜の就寝からまだ4時間。

寝不足じゃないかって？　チュ、チュ、チュン、甘いネ。寝不足を気取るのは中学二年生で卒業済み。

自分の体質に合った睡眠時間がたまたま短い、ショートスリーパー体質だっただけ。睡眠はしっかり取るのが王道だから、良い子の皆は真似《まね》しないでネ☆

最低限の洗顔だけ済ませてスポーツウェアに着替え、タオル等を詰めたトートバッグを手に部屋を出る。

エレベーターを使って3階に降りる。郵便物を管理してくれるコンシェルジュの受付や共用のフィットネスジムが入っているフロアだ。会社に行く前にここですこしだけ汗を流すのが、私のモーニングルーティーン。

ぶっちゃけ高層階から夜景を見下ろすのも入居3日で飽きたし、エレベーター待ちの時間がやたらと長いし、地震や停電や水道トラブルなんかも経験してきた身としてはタワマンなんてさっさと引き払って小さい家に引っ越すなりホテル暮らしでもしたほうが楽だと思うんだけど、そんな私を引き止めてる理由のひとつがこのジムだ。

いつでも体を動かせる環境はやっぱり魅力的。

あと、なんだかんだでセキュリティもしっかりしてて、治安が良いし。

アイドルと編集者という二足の草鞋《わらじ》を履《は》いてると、ファンもアンチも濃厚なのがついてくる。誰《だれ》にでも自由に好き放題近づかれてしまう住環境は、やっぱりちょっと避けたいネ。

軽く体内の調子を整えて脳味噌《のうみそ》の冴《さ》えを実感したらシャワーを浴びて、鏡とにらめっこしてメイクアップ。

素材が良いなら化粧はいらない？　ノンノン。素材の良さにあぐらをかかず、欠かさず自分を磨き続けるのが一流のアイドルの流儀なの。素人《しろうと》は黙っとれ案件ってやつカナ。

実年齢がどうこう言う奴《やつ》はぶっころチュン♪

——閑話休題《かんわきゅうだい》。

逸《そ》れた話題を軌道修正。デキる編集者の必須スキル。

そんなこんなで朝の時間を過ごした後、私は朝食代わりのヨーグルトとサプリをお腹《なか》に入れてから会社へ向かう。

ぎゅうぎゅう詰めの満員電車に揺られるのは御免なのでマイカー通勤。このために会社からわりと近い場所に住んでると言っても過言じゃない。

午前10時……を、ほんのり過ぎて、会社に到着。ゆるーい業界なので誰にも文句を言われない。なんなら午後から出社してくる人も多いし、私はぜんぜん早い方《ほう》。

セキュリティカードでドアを開け、編集部のオフィスに入ると――にっこり。笑顔の仕事人スマイルで、上司も同期も後輩も、作家さんから取引先まで虜《とりこ》にしちゃう、カナリアモードの完成！

――さあ、今日も一日頑張るチュン‼

パチパチパチパチパチパチ――……。

「ふぇっ？」

編集部に足を踏み入れた瞬間、不意打ちの拍手。

間違えてライブステージに上がっちゃったのかな？　なんて勘違いをするわけもなく。

ライブならもっと盛大な拍手と歓声があるはずで、それに比べたらごく少数の編集部の人間による拍手は雨粒みたいなぱらぱらとした音。だけど、普通ならゼロであるはずのものが1以上になっていたら違和感ヤバいよね？　そーゆーこと。

「おめでとう」

「編集長……？　えーっと、これは……」

「おめでとう」

にっこりと微笑んで拍手しながら、編集長はただただ「おめでとう」を繰り返す。

ワイルドな角刈りと彫りの深い厳《いか》つい顔つき。鍛えられて盛り上がった胸筋はワインレッドのシャツに包まれながらも確かな存在感を放っている。——それが、私の勤めるUZA《ユージーエー》文庫を率いるBOSS、編集長である。

路上の伝説と呼ばれていそうな、〆切間際《まぎわ》のデスマーチよりもデスマッチのほうを得意としていそうな男が満面の笑みで拍手している姿は違和感しかない。

「おめでとう」

「おめでとう」

「おめでとう」

他の編集者たちも、アルバイトさんまで、拍手とともに繰り返す。

名作アニメのシーン再現ごっこでもしてるのか？　円陣（半円だけど）で私を取り囲んでるあたり確信犯だなと思いつつ、私は探るような口調で言った。

「あ、ありがとう……？」

「いやそこで『ありがとう』は君のキャラじゃないでしょ。アイドルならキャラ守ろうよ」

「ネタ振っといてその返しは鬼すぎでは⁉」

パワハラで訴えるぞ、編集長。……と思いつつも顔には出さない私、プロフェッショナル。

「で、何ですか？　皆して」

「アニメ化だよ、アニメ化。アニメ化決定おめでとう、カナリア君」

「んん？　何かと思ったら、アニメ化のオファーですか。それぐらいでこの祝いっぷりは、さすがに大げさのような」

自慢じゃないけど私は重版確率１００％の完全無欠編集。ほぼすべての担当作品にアニメ化のオファーが来てるから、べつに大して特別な話じゃなかったり。一般的な業界人にはお祭り事でも、カナリアちゃんにとってはごくごく普通の日常なのだ☆

「何を言ってるんだ。君も苦戦していたじゃないか、作家さんが首を縦に振らないって」

「首を……えっ？」

パチパチパチと、まばたき三回。

編集長の言葉の意味を天才的な頭脳がフル回転で考える。

アニメ化のオファーが数多《あまた》あれど、けっして原作者がＹＥＳと言わない困ったチャン案件が、私の担当にはひとつある。アニメ化しなくても原作の時点でアホほど売れてるからまあいっか、と半ば諦《あきら》めつつも、水面下では交渉を進めていた案件が。

「巻貝《まきがい》なまこ先生……？」

「ああ、アニメ化の許諾をしてくれたんだろう？　ハニプレ側からライツに連絡がきててね。すぐに私にも知らされたよ。まったく君も水臭《みずくさ》いなぁ。巻貝先生を説得できる兆しが見えたんなら早く報告してくれればよかったのに。ハッハッハ」

「…………。…………は？」

ナニソレ、キイテナイ。

「いやあ、直近の新人賞受賞作、それも大賞作品だっていうのにアニメ化が全然動かなかったからどうしたもんかと、肝《きも》を冷やしてたんだがね。何はともあれ話が前に進んだようで何よりだよ。ハッハッハ」

「……失礼」

能天気に笑う編集長の脇《わき》をすり抜けて、足早に自分のデスクへ向かう。

校正用の原稿やら見本やらフィギュアやらCDやらで雑然とした編集部員たちのデスクの中でひときわ整理整頓された、まっさらなデスクがある。もちろんそれこそこの私、スーパーアイドルな編集、綺羅星カナリアの特等席だ。一流の仕事人は仕事場も超一流——って、今はそんなこと言ってる場合じゃない！

慌ただしくPCの電源を入れて、メーラーを起動！

担当編集である私が知らないうちにアニメ化が決定したなんて絶対ありえないはず。

編集部のみんなが集団幻覚を見てる可能性に賭《か》けて、大量に届いている業務メールをひとつずつあらためていき――……。

「う、嘘《うそ》だチュン……」

ひとつずつあらためていくまでもなかった。

だって、件名に『白雪姫の復讐《ふくしゅう》教室』が含まれているメールの件数が異常値だったから。

社内からはライツ部（版権管理を行う部署）や編集長。社外からは秘密裏に話を握っていた音楽レーベルのプロデューサーやらグッズの制作会社やらその他いろいろ。

そして筆頭は、月ノ森真琴《つきのもりまこと》――ハニープレイスワークスの月ノ森社長からの、一通。

完全に決まってる。

私がまったく関与しないところで何もかもが進行している……ッ！

月ノ森社長からのメールに書かれていたのは――……。


『真白《ましろ》がアニメ化の許諾をしてくれたよ。もちろん幹事はうちだ。僕たちの新しい夜に乾杯☆』


「うぜえええええええええええええ!!　……っと。チュンチュン」

全力で漏《も》れ出た本音を可愛《かわい》さで中和。語尾のチュンは勇者？　ノンノン、壊れたキャラでも治せる注射。万能の緊急回復措置なのです！

――それはともかく。

月ノ森社長のとても上場企業の社長が送るものとは思えないゲロキモ口説《くど》き構文のメールはさておき、問題は内容のほうだ。

真白……月ノ森真白。ペンネーム、巻貝なまこ。『白雪姫の復讐教室』の作者だ。

このメールが本当なら、彼女が勝手にアニメ化の許諾を決めたことになるわけで。

「まーきーがーいー、せーんーせーいぃー」

ふるふると震える指でスマホを高速操作。巻貝なまこ先生に電話をかける。

今日は修学旅行だと聞いていたから連絡は控えようかと思っていたけど、事情が事情だ。

こんなの緊急連絡案件に決まってる。

何度かコール音が聞こえた後、唐突にそれが途切れ――。

『もしもし。なに、カナリアさん』

「なに、じゃないチュン！　アニメ化を勝手に決めたってどういうことナノ⁉」

『ああ、あれね。大丈夫、大丈夫』

「大丈夫じゃないが⁉」

『えっ、でもカナリアさん有能だよね』

「ＹＥＳかＮＯかって訊《き》かれたらそれはＹＥＳ！　出版業界、古今東西、私レベルの有能編集、もしも他にいるんなら、注目、戦友、なっちゃうチュン♪」

『ってことで、あとはよろ。有能なら余裕でしょ』

「いやいやいやいやその理屈はおかしいチュン！　いくらなんでも勝手とぶん投げが過ぎるよネ⁉　せめてもうすこし段取りを――」

『あー、突然決められたら困る、みたいな？　いろいろ準備が必要、みたいな？』

「そう！　だいたい、出版社経由で本を出してる時点でもう巻貝先生だけの作品ってワケにはいかないんだから、いくら作者だからって自由に版権下ろしたりできないノ！」

『でも、カナリアさんならうまく処理できるよね。有能だし』

「そりゃあもちろん！　……って、そういう問題じゃなくてぇ～。もぉ～すこし、私のことを丁寧に扱ってもいいよネ？」

『めんどい』

「雑ぅ！　巻貝先生、私に対してなら何してもいいと思ってない⁉」

『まあそこは有能税ってことで』

「有能税⁉」

身を粉にして業界に貢献してるのにその上で更に何かを払わなきゃいけないの⁉

というか巻貝先生、何か妙に淡々としてるっていうか、アニメ化っていう大事な話をしてるのにずいぶん口調がドライじゃない？

いやまあ、もともとメディアミックスに積極的じゃなかったし、アニメ化に興味ないタイプの作家さんなのかもしれないけど。

なんというか、その、心ここに在らずというか。他の何かに気を取られている感じというか。

『あっ、これからちょっと大事な用事。切るね』

「へ？　いやいやいや、いまこの瞬間、アニメ化より大事な話は他にないでしょ⁉」

『切るね』

「巻貝先生⁉　ちょっ、まだ話は終わっ……巻貝先生！　巻貝先生――――ッ‼」

――ブッッ。

追いすがる私の声は無慈悲な切断音で消失《バニッシュメント》。

もちろん諦めずに鬼電連打。ＬＩＭＥもヤンデレ彼女じみた勢いで送りまくる。

電話のほうは『ただいま電話に出ることができません。ご用件のほうは発信音の後に――』的なお決まり文句が流れてきたし、ＬＩＭＥは堂々の未読無視。

ていうかたぶん、電源切ってる。

あとは何とか適当に処理しておけってこと⁉　いやまあ作品を執筆する以外の面倒なことは全部カナリアちゃんにお任せチュン☆　って伝えたことあるけどね！　自己責任だけどね！

「大丈夫？　揉《も》めてないよね？」

「ピッ！　ももも、もちろんろんろんチュンチュンチュン！　この私が作家さんと揉めるわけないじゃないですか、やだもうチュンチュン」

「いつもより『チュン』が多くて不安だが、君が言うならその通りなんだろう。うん」

「あはははは……！」

心配そうな編集長を笑顔で誤魔化《ごまか》す小悪魔わるい子カナリアちゃん。

簡単に誤魔化されるのは編集部の長としてどうなんだと思うけど、まあその緩《ゆる》さのおかげで自由にやれてるからＯＫ。

「あははは……ところで編集長、『白雪姫の復讐教室』のアニメ化が決まったわけですが」

「うむ、決まったね」

「アニメ化に伴う窓口業務が爆増することが予想されるんですけど、新入社員の採用って進んでますか」

「えっ、募集ならかけてないけど」

「はあ⁉　窓口投げれる部下つけてくださいってお願いしましたよねっ？」

「でもほら君優秀だし。全然パンクする気配ないし」

「どんなに高速回転するギアも使いすぎたらぶっ壊れるっチューンのっ！」

「ははは。キャラがブレてるぞ」

「どんな脳味噌してたらそこでツッコミ入れられるんですか！　こっちは本気でブチギレ寸前なんですよ⁉」

「もうキレてるじゃないか……。いやね、こちらにも言いぶんはあるんだよ」

「反論があるならどうぞ」

「人を雇うにはコストがかかるのは君もわかるだろう？　『白雪姫の復讐教室』が結局アニメ化決まらなくて、雇い損になってしまったらもったいないじゃないか」

「『白雪姫』がなくてもすでに私は過労死寸前レベルの業務量な件について」

「でもまだ動いてるし」

「だから壊れてからじゃ遅いからパンクする前に人を入れてほしいって何度も何度も――」

「アイドル活動とかしてて元気そうだし、大丈夫でしょ」

「ちくしょう、そんなんだから出版業界は変わらないんだよおおおおおおお！」

魂の叫び声。

もちろん私もひとりの社会人、けっして業界の人間がサボってるわけじゃないとわかってるし、編集長は編集長としての職務に全力を注《そそ》いでいるのも充分すぎるほど理解している。

でも、アイドル活動は趣味や遊びじゃなくて、あくまでも自分なりに編み出した販促手法のひとつだとそろそろ理解してほしいわけで――……。そりゃあ、上の世代の人には無理な相談かもだけど。

ファンの前ではあくまで趣味っぽく、心から楽しくアイドルしてるように見えることが大事なので、あんまりビジネス感を出しすぎるわけにいかないのが業界内に理解されにくい一因になってるのは否《いな》めない。泣ける。

「……なんて、泣き言はここまでチュン！」

目元を拭《ぬぐ》って、心機一転。

過ぎたことをくよくよするのは時間の無駄、仕事の鬼たるカナリアちゃんの最強の長所は、逆境を跳ね返す鋼《はがね》のメンタル……否《いな》、茨《いばら》の道さえ空に羽ばたき悠々《ゆうゆう》と越えていく鳥のメンタルだチュン！

「『白雪姫の復讐教室』アニメ化！　絶対成功させるっチューン‼」

002

Tomodachi no imouto ga ore nidake uzai

第2話 ●●●● 友達の母親が唐突にラスボス

たとえばラストダンジョン前の村の少年に話しかけたらそいつがラスボスでした、って展開のゲームがあったらどう思う？

『もうすこし事前の前振りで盛り上げてほしかった』

『知ってたらレベル上げしてからきたのに、こんなの初見殺しにも程がある』

『制作陣は自己満足に浸っている。ユーザーの利益《りえき》を最大限に考えるべきだ』

――このあたりの意見が噴出するだろ？

ゲームにおいてサプライズはひと匙《さじ》のスパイスとしては良いかもしれないが、それはあくまでも香りづけ程度。料理そのものが美味《おい》しいところにピリリと効くから良いのであって、味自体が損なわれたら元も子もない。

王道こそ最強。ラスボス戦という人生の記憶に残るかもしれない一大事なのだから、丁寧に丁寧にユーザーの感情を盛り上げ、事前準備もしっかりさせた上で挑ませるべきなんだ。

だから――……。

「ようこそ、天地堂《てんちどう》エターナルランドへ」

「…………」

「あらあら、可愛《かわい》いカップルをお迎えできてうれしいわ〜。うふふ♪」

だから……こんなのは間違っている。

天地堂社長、天地乙羽《あまちおとは》。友達の妹、小日向彩羽《こひなたいろは》の母親にしてあいつが堂々と声優活動をすることが許されない元凶。

俺《おれ》とはクリエイター組織に対する考え方がまったく合わず、俺のやり方が正しかったのだといつか結果で証明しなければならない、人生の先輩にして、強敵。

いくつもの意味で越えるべき壁である、いわゆるラスボス的な人間である乙羽さんが、何の前触れもなくサラッと天地堂エターナルランドの入り口で——子ども向けキャラクターにもかかわらず歴史の重みのせいで威厳を伴う石像が飾られた、荘厳&ファンシーかつ豪華絢爛《けんらん》なる門の手前だっていうのに——俺と真白《ましろ》をひょっこり出迎えてくるなんて、カタルシスゼロの展開はあってはならないのだ……！

と、いうわけで。

「真白。ちょっとレベルを上げに帰っていいか？」

「待って」

踵《きびす》を返して帰ろうとした俺の肩が、真白にがっしりつかまれる。

意外と握力が強い。……たくましくなったな、真白。

「逃げようとするなんて、いけずな人ですねぇ～。おばさん、悲しいわ。よよよ」

「せめて目薬を使うとかして目から涙を流す努力をしてください」

口でだけ泣き演技をされても、からかわれてるようにしか思えないんだよなぁ。

声の抑揚だけは何故《なぜ》か上手《うま》く、中途半端《ちゅうとはんぱ》にガチっぽさを醸《かも》し出《だ》してるのが妙にアンバランスで、落ち着かない気分にさせられる。……演技が上手いんだか下手《へた》なんだかどっちかにしてくれ。

「でも、どうして乙羽さんがここに？」

「それはもう、天地堂の社長ですからねぇ～。ここの総責任者と言っても過言ではありませんので～」

「とはいえ、現場にまで降りてこないでしょう」

「ふたりは特別ゲストですもの。社長が直々《じきじき》にお迎えしなければ失礼というものでしょう？」

「特別ゲスト？」

「乙羽さんは、真白を招待してくれたの。アキとふたりきりになれる、特別な場所を用意してくれるって」

「特別な招待って……いつの間にそんな仲良くなったんだ？」

「前に打ち上げやったでしょ。『黒山羊《くろやぎ》』休止を発表した直後の。あのときに」

「ああ、なるほど……」

確かにあの場には乙羽さんや海月《みづき》さんも参加していた。俺が気づかないうちに交流して距離を縮めていたってことか。

……なんでだ？

娘の友達とはいえ、娘の頭越しにプライベートで連絡し合う仲にまで発展するものだろうか。たとえばうちの母親が俺の友達と直接友達になったりするか？　……いや、それは俺に友達が少なすぎて検証不可能だったわ。ちくしょう。

疑《うたぐ》り深すぎるのも良くないが、相手が乙羽さんなだけに、何か狙《ねら》いをもって真白に接触したんじゃないかとつい邪推しちまうんだよなぁ……。

まあ何はともあれ、どうして真白が突然天地堂エターナルランドに行こうなんて言い出したのか、その謎《なぞ》は解明された。

乙羽さんは、マンションで見かける姿とはまるで違う、キャリアウーマン然としたスーツ姿。菫《すみれ》の女教師モードに近いが、あれよりも更に高級そうな出《い》で立ちだ。ブランドには詳しくないが、政治家やら社長やらしか着ていないような代物だと思う。いや、知らんけど。まあ何かとにかくそういうイメージだ。

胸元《むなもと》が大きくふくらんだそのスーツの前にぶらさげていたタグを手にして、乙羽さんは、服に似合わぬくだけた笑みを浮かべた。

「そういうわけで、このワンデイフリーパスをお渡しすべく社長自ら馳《は》せ参じたわけですよ～。えらいえらいねって、褒めてくれてもいいんですよ～」

「フリーパス……え、じゃあ無料ってことですか？」

「もちろんですよ～。娘の大切なお友達と、その好きな人で、おまけに息子の親友ですもの。親としては精いっぱいのお・も・て・な・し、しなくては～」

「は、はあ……」

ちらりと乙羽さんの顔を見る。

彼女はニコニコしているだけで腹の底がまったく読めない。

経緯はわかったが、意味は不明だ。

どうして天地堂の社長ともあろう人が真白と俺のために便宜《べんぎ》を図ってくれるのか。

ましてやエンタメへの愛が皆無な人である。

エンタメを素晴らしいものと考えていないにもかかわらずランドで過ごす時間をプレゼントにするだろうか？

……何か裏の狙いがあるのではと、穿《うが》った見方をしてしまう。

そういえば演劇大会で真白が舞台上の俺を撮った写真を見て、「この写真を撮ってる子の、まっすぐな恋愛感情が可愛い！」とはしゃいでたっけ。

だとしたら、素直に真白を応援したいって考えてるって可能性も……ある、か？

「天地堂エターナルランド――通称ＴＥＬ《ティーイーエル》は、天地堂のコンテンツやキャラクターをふんだんに使ったテーマパークであると同時に、天地堂という会社の歴史をまとめたミュージアムとしての役割もありまして～。ゲームクリエイター集団を率いて、将来は業界を牽引《けんいん》しようと夢見る少年としては、学びも多いのではないでしょうか」

「これも修学旅行、と」

「ですねぇ～」

由緒《ゆいしょ》ある寺院や古都の街並みだけが、京都の持つ歴史じゃない。

この京都という地で生まれ、世界に誇れる企業に育った天地堂の歩みだって、立派な京都の歴史の一部といえるはず。

仮に修学旅行のレポートを出せと言われたら、かなり真面目《まじめ》な視点でまとめた文章を書ける自信がある。

それに《５階同盟》の更なる向上、コンシューマーゲーム業界挑戦の勉強にもなるわけで。

一石二鳥。まさに効率の極《きわ》みといえる。

……ふむ、確かに悪くないな。

「というわけで、こちらをお持ちくださいな～」

「あ、ありがとうございます」

「真白ちゃんも、はい、どーぞ」

「あ、ありがとう……ござい、ます……」

俺と真白の首に、順番にフリーパスをかけていく乙羽さん。

ニコニコと上機嫌なその姿に、なぜか母親のことを思い出してしまう。

幼稚園や小学校低学年の頃、首から提《さ》げる名札を親につけてもらったりするだろ？　あれだ。

本人に俺たちを子ども扱いしてる自覚はないのだろうが、乙羽さんの自然体の母性のせいか、子どもにかえったかのような錯覚に襲われるんだよなぁ。

他人の俺たちもそわそわさせられるんだから、実の娘の彩羽は言わずもがな。

子ども扱いが苦手になったのもうなずける。

「さてさて……こほん」

フリーパスを提げた俺と真白を満足げに眺めると、乙羽さんはわざとらしく咳払《せきばら》いをして。

ふだん糸目になっている目をカッと勢いよく開き……！

「ぱんぷくらぴぃ～☆　ようこそ夢の殿堂、エターナルランドへ！　ここは、誰《だれ》もが子どもでいられる場所。永遠に子どもでいていい夢の王国。すてきでかわいいお友達が、よいこの皆を待ってるよ～♪」

……………………。

…………。

……。

え？

待て待て待て、なんだいまの声は。N●Kの教育番組でも点《つ》けたのか？

うたのお姉さんでしか聞いたことのないような高いトーンで、臨場感たっぷりに言ってみせたのは、たぶん勘違いなどではなく、夢なんかでもなく、目の前にいる二児の母……乙羽さん、だと、思う。

おいおい、滅茶苦茶《めちゃくちゃ》若くて可愛い声が出てきたな。

我が《5階同盟》の声優である彩羽の母親だけあって、乙羽さんも天性の声を持ってるってことなんだろうか。

などと戸惑う俺と真白の背中に手を当てて、彼女は入場ゲートのほうへぐいっと押してきた。

「さあさあ、かわいいおふたりさん。夢の旅路へれっつごー♪」

「ちょっ、の、ノリが恥ずかしっ、お、押さない、でっ……！」

「押さなくても自分で歩けますって！」

頰《ほお》を赤らめて身じろぎする真白と俺。しかし文字通りの押しの強さに、つっぱり、つっぱり、と力士みたいに押されてしまい俺たちは入場ゲートへ。

フリーパスを見た係員がニコニコしながら、開いたゲートへ俺たちを誘って。

「ぱんぷくらぴぃ〜☆　特別ゲスト2名様、夢の王国へご案内〜♪」

「何かの宗教施設ですかここは⁉」

乙羽さんとまったく同じノリで口上を唱える係員。目が完全にキマッてるように見えるんだが、気のせいか？

真白も俺と同じ感想を持ったのか、いつも白い顔が更に真っ青《まさお》に。

「これは……ホラーの香り……っ」

「勘弁してくれ。遊園地が舞台のホラーは地味に怖いやつが多いんだぞ⁉」

「ホラーは好きだけど……リアルなカルトっぽさは……さすがに、ふるえる……」

ゲートで手を振る乙羽さんと係員に、複雑な感情で手を振りながら、俺たちは早足で園内に足を踏み入れた。

と、まあ、幸先《さいさき》は最高とは言えないものの。

何はともあれ、天地堂エターナルランドでのデート（?）――スタートだ。

＊

天地堂エターナルランドは平日の昼にもかかわらず大盛況だった。

おそらく時間の融通が利《き》きやすい大学生だろう、大きなパンケーキサンドやクリームソーダを食べたり飲んだりしながら歩いている女性の集団。まとまった時間を確保して海外旅行に来てるらしい外国人の集団。

たまにどう見ても小学校やら中学校に通っているはずの子を連れた家族なんかも見えたが、ああいうのってどういうからくりで来てるんだろうな……。

わざわざ学校を休んでまで天地堂エターナルランドに来るなんて不真面目すぎる。……と、思ってしまうのは、同調圧力に弱い日本人の悪い癖《くせ》なんだろうか？

……まあ、学校の勉強なんて何の役に立つのかまるでわからんし、サボりたくなる気持ちもわかるけど。

しょうもない理由で休んで、わざわざ内申点を下げるのはアホらしいと思うんだけどな。

優等生を演じてる彩羽なら絶対やらないだろうなぁ。

ガチ優等生の翠《みどり》もやらない。

真白なら……どうだろう？

そんなことを思いながら隣を歩く、幼なじみの少女の顔をちらりと見る。真白は入り口近くでマスコットキャラから受け取ったパンフレットに目を落とし、真剣な顔で行き先を考えていた。

彼女は、元ひきこもり。

学校を休むことにいまさら罪悪感を覚えたりはしないだろう。

だけど勇気を出して外に出て、彼氏役の盾さえ必要なくなったいまの真白なら、よほど正当な理由がなければズル休みをしたりしない気がする。

──っと、思わずまじまじと見つめてしまった。

これじゃあ俺が真白を意識してるとバレちまう。目を奪われるのもほどほどにしないとな。

「最初。ここどか、どう?」

パンフレットの一部を指さして、真白が訊《き》いた。

指が示すその位置は──……。

「ハイパーマルコのアトラクションか。面白《おもしろ》そうだな」

「天地堂の代名詞。看板。一番手は、王道から」

「よし、そこにしよう」

「うん」

しかしまあ、ずいぶん硬派なところから攻めてきたな。

女子の挙げそうなタイトルといえば、サブカル的なお洒落《しゃれ》ファッションのキャラたちが陣地の奪い合いをする和製FPSとか、リングでグリグリやる健康アドベンチャーとか、そのあたりだろうに。日本を牽引するゲームメーカーへの強いリスペクトを感じる。

遊園地を前に浮かれた表情ひとつ見せず、巨人蔓延《はびこ》る壁の外に挑む兵士のような雰囲気だ。

さすがは真白、一流の編集者に揉《も》まれ続けた作家志望だ、物作りの苦労を知らない奴《やつ》らとは面構えが違う。

ハイパーマルコマウンテンと名付けられたその場所へ到着。

待機列がずらりと並んでいて、係員が一般席1時間待ちの看板を掲げていた。……長すぎんだろ。

無駄になる時間の途方もなさにげんなりしていると、くいっと袖《そで》を引かれた。

「いくよ、アキ」

「マジかよ……」

待機列にも怯《ひる》むことなく居丈高《いたけだか》に挑まんとする勇者・真白。その蛮勇ぶりに困惑しつつも、ことデート沙汰《ざた》には経験貧弱で意思の弱い俺が別《べつ》の行き先を強く主張できるはずもなく、袖を引かれるままに待機列の最後尾に並んだ。

嗚呼《ああ》、非効率の極み。

そう、嘆いていると——……。

「ひっ⁉」

呑《の》み込《こ》むような微《かす》かな悲鳴が聞こえた。

声に釣られて前を見ると、俺と真白の前に並んでいたカップルの片方がこちらを振り返って、まるで危険生物を見たかのような愕然《がくぜん》とした表情をしていた。

な、なんだ、その表情。なんでそんな顔で見られなきゃならないんだ？

美少女とフツメンで似合わねえカップルだなと思われたのか？

いや、だからって悲鳴はないだろ、悲鳴は。傷つくぞ。

「どうしたんだよお前、いきなり声を出したりして……って、うわあああ⁉」

カップルのもう片方が振り返り、盛大に声を上げた。

それに釣られて、その前に並ぶ客も「ひゃっ⁉」更にその前に並ぶ客も「ふぉーっ⁉」更にその前に並ぶ客も「きゃあああああ！」――つぎつぎと、驚愕《きょうがく》が連鎖していく。

って、いやいやいやいや！　待て待て！　おかしいだろ、なんだこの現象⁉

「アキ……これは……？」

「俺に訊かれてもな……」

真白が不安げに見上げてくるが、不審者扱いされる心当たりなんかあるはずもない。

怯《おび》える真白を視線から守るためにさりげなく自分の体を壁にするくらいしか、やれることもなく。

「か、係員の人が来るね」

「お、おう。大丈夫、俺たちは怪しい者じゃない。毅然《きぜん》とした態度で応対すればわかってくれるさ」

待機列のざわめきに気づいたらしい係員が近づいてきた。

さぁて不審者を取り締まっちゃうぞと言わんばかりに袖まくりして露出させた腕をブンブンと景気良く回しながら歩いてくる男性係員。……が、俺たちのすぐ目の前までやってきた瞬間、ぎょっと飛び出しそうな目玉に血管を浮かせ、ガチガチガチガチと歯を鳴らし始めた。

即効性の劇薬を飲まされたかの如《ごと》く体を震わせ、泡を吹きそうになりながら係員は震える指で俺たちを。

……否《いな》。俺たちが首から提げているフリーパスを、指した。

「そ、そ、それは――LVIPパス《エルビップ》⁉　まさか、実在したのか……ッ⁉」

ざわっ……ざわわっ……。

係員の発した『LVIP』なる謎の単語に反応し、待機列のざわめきが最高潮に達した。

――LVIP？

――おいおいマジかよ、あの伝説の？

――うそでしょ、生で見られるなんて！

まばらに聞こえてくる会話から情報を集めようと試みるが、いまいち要領を得ない。誰かがもうすこし詳細に教えてくれると助かるんだが、さすがに漫画の解説役キャラみたいな都合のいい存在はそうそういないよな。

と、思っていたら。

「あ、あれはLVIP――正式名称、レジェンドVIPパスではありませんか！」

全身に天地堂キャラの缶バッジを装備した長髪男性が眼鏡《めがね》を激しく上下しながら口を開いた。

よかった、これめっちゃ事情通っぽいオタク客が早口で解説してくれるやつだ。

「天地堂エターナルランドには優遇措置を受けられる年間フリーパスが三種類、通常販売されていましてな。一つ目は無料で乗れるアトラクションの種類が少なく、入場対象外の日程も多い『ライトパス』。二つ目はライトよりも対象範囲を拡《ひろ》げた『ミドルパス』。そして三つ目はあらゆる優遇措置を受けられる『VIPパス』――我々のような一般人が入手できる最高峰のパスはここまでですが、実は更にその上……誰もが憧《あこが》れる伝説のパスが存在するのです。それこそが『LVIPパス』。天地堂社長が特別に認めた者にだけ渡されるパスであり、すべてのアトラクションを待ち時間ゼロ、LVIP専用口からの搭乗が認められ、特別な歓待を受けられ、更には――」

理解した。

まだ早口でしゃべり続けているが、必要最低限の情報は聞けたのでとりあえずここまででいいだろう。見知らぬオタクさん、情報をありがとう。

つまり、何かすげえフリーパスなわけだ。

「え、え、え、LVIP様とは気づかず大変失礼いたしました！」

男性係員が泡を食って頭を下げる。

まくり上げていた袖はいつの間にかぴしっとストレート。大富豪に長年仕えてきた老執事のような慇懃《いんぎん》さで俺たちを紳士的に促した。

「ささ、こちらへ！」

「うむ、くるしゅうない」

へり下られて調子に乗ってるのか、すこしあごを上げた真白がフフンと笑って前に進む。

順応早すぎだろ、真白。

そんなこんなで俺と真白は待機列の脇《わき》をすり抜けて、無人のＬＶＩＰ口からすんなり入場。

待ち時間ゼロ。すぐさまマルコの絵がプリントされたコースターに乗れた。

「意外と自由なんだな。拘束具でガチガチに固められるのかと思ったのに」

「ジェットコースターじゃないから、かな。……世界観を楽しむのがメインの、体験型ライド、だって」

「なるほどなぁ。確かに子どもたちに向けた乗り物だし、速さの限界を目指すタイプばかりがこの手のアトラクションじゃないってわけか」

「ん。３Ｄ映像の演出も、きれい」

高校生カップルのそれにしては、もしかしたら実務的すぎるかもしれない会話。

だけど俺たちらしくはある会話をしながら、俺は真白の横顔から目が離せなかった。

……どうしても、意識してしまう。

真白が何を考えてるのか、本心はどこにあるのか、わからなすぎて気になってしまう。

なぜいきなりニセの恋人関係を終わらせたのか？

俺のことが好き、という気持ちが変わったのか？

だとしたら、どうして自由行動の時間を俺と過ごしているのか？

ＴＥＬに着いたら何か行動を起こしてくるつもりなのかと思っていたけど、いまのところは特別なことをしてくる様子はまったくない。

それどころか夏祭りの頃と比べても一歩引いているというか、体一個ぶんくらい距離が遠い気もする。

偽りとはいえ恋人関係がなくなったのだから距離が遠くてあたりまえ、と言われたら、それはそうだと納得せざるを得ないわけだが……。

「わ、すごい演出。けっこう凝ってる。さすが天地堂」

映像の中で、ヒゲの形をした敵キャラが襲いかかってくる。

まるで乗り物の目の前までやってきたかのような錯覚に襲われる、臨場感あふれる演出だが、真白は仰《の》け反《ぞ》ったりもせずにまじまじと敵を正面から観察していた。

と、そんなこんなでコースターはあっという間にゴールへ。

結局、隣の真白が気になり続けてアトラクションの内容はほとんど覚えていなかった。

俺の反応が薄かったせいで退屈にさせてしまったんだろうか、真白も乗り物を降りてからは真顔でスマホをいじっていて、にこりともしていない。

う……き、気まずい……。

恋愛感情、というものをしっかり自覚したまま異性と同じ時間を過ごすのは、こんなにも心にクるものなのか。

相手が何を考えてるのか。相手に自分がどう思われてるのか。

余計な感情に脳味噌《のうみそ》ががんじがらめに搦《から》めとられて、うまく思考の回路が繋《つな》がらない。

これほどまでに非効率的なことが他にあるだろうか？　……ないよなぁ。

「次はここ」

「……えっ」

「えっ、じゃない。なにボーっとしてるの。次に乗るやつの話。ゴリラコングのジャングル」

「あ、ああ、そうだな！　次に行こう、次！」

「ん。急ぐよ」

真白はスマホとパンフレットを手に、早足で進み出す。

俺も置いて行かれないようにあわててその背中を追いかけた。


その後も俺たちはTELの中を駆け巡り、いくつものアトラクションを体験した。

移動中はずっと早足で、ルートも効率を最重視。LVIPパスのおかげで、待機列スルーで待ち時間はゼロ。おかげで限られた時間にもかかわらず、かなりの数のアトラクションを回れた。

──ちなみに、仕切っていたのは真白だ。

ふだんならこの手の効率的な行動は俺主導でやるはずなのに、今回ばかりはことごとく真白にリードされてしまっていた。

自分でも笑えてくるくらいに今日の俺はポンコツで、細かいことに何も頭が働かず、真白に言われるがままに引っ張られていくだけだった。

このままじゃ面目丸潰《つぶ》れだと思い、どうにかしなきゃと思うのだが──……。

どうしても真白の存在に意識を奪われ、心がどこかに飛んでいって、ふわふわした雲の中を漂っているかのようで集中できず。

……そして、やはり不思議で解《げ》せないのは、真白の態度だ。

多くのアトラクションを回ろうと躍起になってるわりには、あまり楽しそうな顔をしない。

移動中は感想を述べるでもなく、俺と会話するでもなく、スマホに目を落として難しそうな顔で何かを入力しているし。

俺との時間を楽しんでる……なんて様子は、これっぽっちもないわけで。

もう設定上の彼氏ではないわけだが、デートはデートなわけで。女の子を退屈させてるのは男として駄目なんじゃなかろうか。

何とかして楽しませてやりたいけど、具体的にどうしたらいいのかぜんぜん浮かばないのが情けないところだな……。何かヒントはないか……?

と、そのとき。

きゅうぅぅぅ――……

首を絞められた恐竜みたいな切ない音が聞こえた。

「……！」

バッ、と真白がスマホから顔を上げ、こっちを見る。

「……聞いた？」

「わ、わからん」

とっさに出た言葉は逃げの一手。

聞いてても聞いてなくても嘘《うそ》にならない、我ながらずるいひと言だと思う。

片手でお腹《なか》を押さえている真白の姿を見れば、いまの音が何の音かなんて、火を見るよりもあきらかだけど。

「とりあえず、そのへんで何か食べるか？」

「やっぱり聞いてたんだ……。うぅ～、さいあく……！」

顔を真っ赤《か》にして頭をかかえる真白。

空腹でお腹が鳴るなんてあたりまえの生理現象なんだし、気にしなくてもいいのに。

まあでも、みっともない姿を見られたら恥ずかしいって気持ちは、わからなくもないか。

俺だって、ろくに真白をリードできてないいまの状態、最低に情けなくて誰にも知られたくないしな。

真白がいつもと同じような可愛いところ……というか、隙《すき》のあるところを見せてくれたおかげか、俺のほうもすこしだけ緊張が解けた。いまならすこしは気を利かせられそうだ。

「あそこに売店あるぞ、どうだ?」

「……いらない」

「なんで?」

「ここで、あんまりお腹に食べ物入れたくないの」

「えーっと……?」

なぜ、そんなに頑《かたく》ななのか。

俺は首をかしげてその理由を考える。

お腹が空《す》いてるなら何かを食べる、あたりまえの行動だ。

夏祭りの頃は屋台で食べ物を食べていたし、そもそも一緒に食事に行ったこともあるから、デート中の食事自体がNGってわけでもないだろう。

より多くのアトラクションを体験するために、食事時間も削るべし、と考えてるのか?

いやでも、TELの中にある売店にはTELでしか食べれないメニューもあるし、ランドを楽しみ尽くしたいならむしろ食べるべきではなかろうか。

あと、考えられるとしたら――……。

「もう最悪、あのババア何十分化粧直してんだよって感じ！」

「ねー。いまさら気合い入れたって大差ねーっての！」

――うっさ。声でかいな、通りがかりの女子大生。

しかも人の悪口とか気分悪いわ。こっちは考え事してるんだから、そういうのは小さい声で頼む。

えっと、真白が食事を嫌がる理由だったな。あー、残された可能性は――……。

「ま〜ったく最近の若い子ときたら！　何十分個室を占拠したら気が済むのかしらねぇ！」

「ホントよホント！　便秘なのかスマホいじってるのか知らないけど、あんなに列ができてるのに、他の人の迷惑とか考えないのかしら！」

――うっさ。声でかいな、通りがかりのマダム集団。

しかもまた人の悪口かよ。どの世代も自分の世代以外の悪口を言うものなんだなぁ。

っていうか、さっきから何の話かと思ったらトイレの話かよ。

そう思い、通りすがりの人たちがやってきた方向に目をやると――あった、トイレ。

天地堂のキャラクターのモニュメントで飾りつけられた、ファンシーな建物だが、しっかりとWCと書かれていて、トイレ特有の男女ふたつのシルエットが。

「あ！」

そして、気づいた。

男子トイレのほうはガラガラなのに対し、女子トイレには長蛇《ちょうだ》の列ができていたのだ。

アトラクション顔負けの盛況っぷり。切実な問題のせいか、誰もが焦《じ》れたような、切迫した様子で列が減っていくのを今か今かと待っている。

謎は、すべて解けた。

「わかったぞ！　ただでさえ流動性の低い女子トイレなのに客層が女性に偏っているＴＥＬ、下手に食事をして尿意に襲われたら困るから食事をしたくなかったのか。どうだ真白、これが正解じゃないか⁉」

「…………」

「いやあ、謎が解けてスッキリした。モヤモヤしっぱなしは心臓に悪いからさ」

「…………」

「でも空腹で居続けて倒れたら元も子もないぞ。しっかり食べて、しっかりトイレにも行く。それが健康的なリズムなんだし、トイレに並ぶのを嫌って我慢するのはどうかと思うんだ」

「アキ」

「大丈夫、真白のトイレが長くても俺は待てる。気にせずメシを食べようぜ。なっ！」

「アキ。ちょっと黙って」

「あっ、はい」

熱弁に冷や水をかけられて、無駄に上がっていた俺のテンションが急激に落ちた。

あれ。

この流れ、もしかしてこれ、デリカシーなし男《お》くん案件か？

「すみませんでした」

即座に察して謝罪の先制攻撃。

あまりの潔《いさぎよ》さに真白も胸を打たれたのか、はぁ、とため息をついて。

「わかればいい」

と、一瞬で許してくれた。

頬がぷっくりふくれてるけど、そこには愛情が詰まってると解釈……していいのか……？

「正直、名物のパンケーキサンドは、興味あったけど。背に腹は代えられない。……無念」

「パンケーキサンド？」

「ん。ここにしかない、名物。女の子に人気のスイーツ」

「へえ、音井《おとい》さんが目の色を変えそうな案件だな」

あの人ならトイレの行列なんて気にせず、スイーツを食べに行くことだろう。

というか音井さん、あれだけたくさん食べてるわりにはトイレに行ってるところを見たことないんだよなぁ。

彩羽の収録が長丁場になることもあって、そういうときは休憩時間もあるんだが。

まあ音井さん、無表情でロボットやアンドロイドじみたところがあるし、実はトイレの必要がないんです、と告白されたらふつうに信じるけど。

それとも俺の前ではトイレに行くそぶりを見せないようにしてる乙女《おとめ》心だったりするんだろうか？

……いや、ないな。ないない。音井さんに限って、そんなことはありえない。

「ほら、次に行くよ。次」

「ああ、うん。そうだな」

真白は俺の手をつかむと、売店の誘惑から逃げるように歩き出した。

ＴＥＬの名物があると噂《うわさ》される売店が遠ざかっていく。

そういえば、今日は修学旅行の自由行動日。よく考えたら音井さんも自由に行動してるんだよな。

もし売店に行ってたら、音井さんと鉢合わせることになってたりして。

「……なんてな。ははは」

「なにひとりで笑ってるの？　……きも」

「罵倒は控えめで頼めませんか、真白さん」

反論の余地もないくらい、悪いのは俺なんだけどさ。俺だって傷つくこともあるんだよ……。

結局、シュレディンガーの音井さんを証明する術《すべ》なんてあるはずもなく。

俺たちは次のアトラクションに向けて歩き出したのだった。

＊

『うーん、正解ッ！　実はこのとき売店に行ってたら、パンケーキサンドとクリームソーダを堪能してる音井さんにエンカウントしてたのよねぇ〜！　アキってばイイ勘してるぅ！』

『まだここにいたんですか、紫式部先生《むらさきしきぶせんせい》』

『ここくらいしか出番ないんだからいいでしょぉう！』

『僕とアキの憩いのコーナーだったのに、紫式部先生のノリに侵蝕されてる……これは紫式部先生に言わせれば、カップリングの間に挟まる所業では？』

『はぅわぁ!?　……ぐ、ぐぐぐ……出番は欲しい、でも、オズ×アキのコーナーを邪魔したくはない。アタシは……アタシはどうすれば……！』

『どうもしなくていいです』

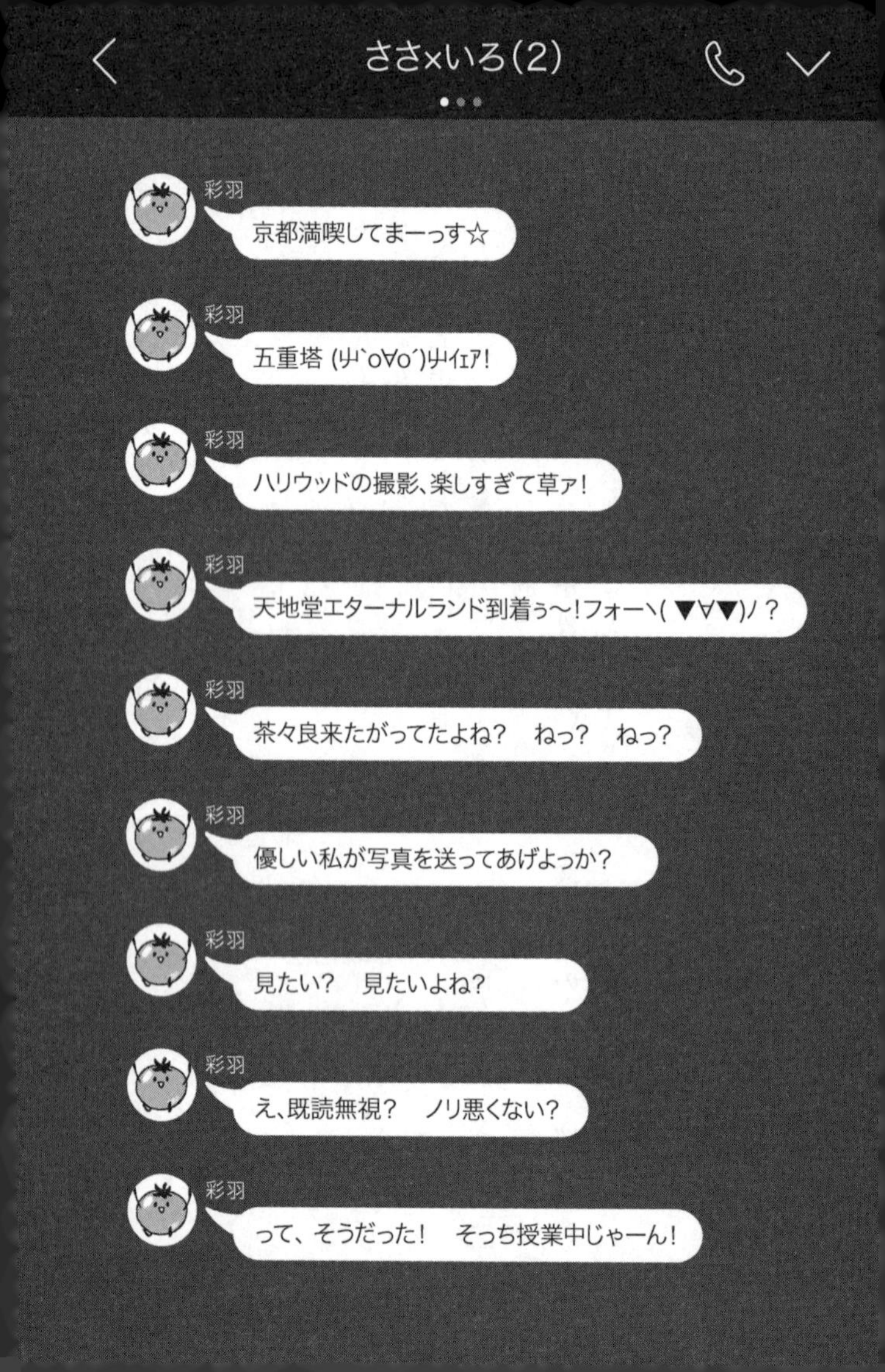
ささ×いろ(2)
彩羽
京都満喫してまーっす☆
彩羽
五重塔 (ﾟдﾟ)...
彩羽
ハリウッドの撮影、楽しすぎて草ァ!
彩羽
天地堂エターナルランド到着ぅ〜!フォーヽ(▼∀▼)ﾉ ?
彩羽
茶々良来たがってたよね?　ねっ?　ねっ?
彩羽
優しい私が写真を送ってあげよっか?
彩羽
見たい?　見たいよね?
彩羽
え、既読無視?　ノリ悪くない?
彩羽
って、そうだった!　そっち授業中じゃーん!

彩羽

あちゃー(*ノε`*)

彩羽

メンゴメンゴ、サーセンサーセン☆

彩羽

ねえねえ、私は京都でパンケーキサンド食べてるけど、茶々良は食べないの？

彩羽

うわ、めちゃ甘。とろ甘。

彩羽

そっちじゃ絶対食べれないと思うから、せめて美味しそうに撮れた写真を送ってあげるね。これで我慢してね。

茶々良

だあああああああウゼエエエエエエエ！

茶々良

せっかく京都に送り出したのに、遠くにいてもウザいのかよおおおお！

interlude

Tomodachi no imouto ga ore nidake uzai

幕間●●●●翠は見た

世の中に生まれつきの悪人はいない。悪くなってしまう環境があるだけだ。

と、偉人の格言めいた言葉が私――影石翠《かげいしみどり》の頭の中で、ごく自然に、ポッと生まれ落ちた。

何故《なぜ》なら今、すごく悪い子の気持ちがわかるから。

「けどまさか翠部長が認めてくれるなんてねー。絶対ダメって言われると思ってたよー」

「……ん。真面目《まじめ》の権化《ごんげ》。自由行動で、遊びはNG。それが翠部長」

演劇部の仲間たちの和気あいあいとした会話が聞こえる。

困惑まじりなのは何故かって？　その答えは、私たちの目の前にあった。

きゃーきゃー。わーわー。あっはっはー。

そこら中から楽しそうな声が飛び交い、有名なゲームのキャラクターに扮《ふん》した着ぐるみたちが陽気なパフォーマンスを繰り広げる。世界中から「楽しい」のピースだけを集めたジグソーパズルみたいな、夢と希望にあふれた浮かれきった空間。

「――天地堂《てんちどう》エターナルランド」

ぽそりと、その名を口にする私は、黄色の空間でただひとりの深い青。極《きわ》まった、ブルー。

「そうだよね、私はこういう場所、似合わないよね。真面目ちゃんにテーマパークとか違和感の塊だよね。ヤケになって気分転換に遊ぼうとしてるのがバレバレで浮きまくってて滑稽《こっけい》だよね。ふふ、あははは」

「みっ、翠部長⁉　ストップ！　止まって、止まって！」

「スマーイル！　スマーイル！」

修学旅行の自由行動日。班行動が必須ではなく、クラスの垣根を堂々と越えられるこの日は演劇部のメンバーでどこかへ行こうと、最初からそう決めていた。べつに大星《おおぼし》君にフラれたこととは関係なく、最初から。

だけど、この場所に来たのはフラれたからだ。

本当なら由緒正しい、文化遺産的な場所を巡るつもりでいた。京都《きょうと》にはまだまだ見学すべき寺院や施設があったから。

でも、いまは無性に（倫理的な意味で）滅茶苦茶《めちゃくちゃ》にされたい気分だった。

だから天地堂エターナルランドへ行きたいと盛り上がる部員のみんなに便乗《びんじょう》して、私は。

「もうこれで終わってもいい。だからありったけの羽目を外してやる！」

「翠部長が一生ぶんの『ワル』を先取りして、一時的に最強の不良になってる……！」

「何があったかわからないけど、今日は優しくしてあげよう。うん」

山田《やまだ》さんは優しいいし、しっかりしてる。たとえ私が駄目になっても、彼女がいれば演劇部はどうにか回りそう。ありがとう。あなたのおかげで私は安心して駄目人間になれる。

「まずどこに行く?」

「楽しそうな場所だらけで迷うよね〜」

行きたいアトラクションについて意気揚々と話すみんなを眺めていると、すこしだけホッとしたような気持ちになる。

日常だ……と。

恋愛感情に心を乱されて、一時的にどこか遠い異世界に旅立ってしまったけれど、恋破れて現実に帰ってきてみれば私の周りにはちゃんといままで通りの日常がある。それは、なんて心強いことだろう。

正直、行き先なんてどこでもいい。

絶叫マシン、お化け屋敷、何でもござれ。みんなと一緒にいられること、それ自体が宝石。どこに行くかなんて宝石を磨くのにやすりを使うかドリルを使うかダイヤを使うか、程度の違いだ。些末《さまつ》なこと。

そう考えた私は行き先議論をみんなに委《ゆだ》ねて、ふっと彼方《かなた》へ目をやった。意識して目を動かしたわけじゃない。ごく自然に、導かれるように、勝手に顔と目が動いただけだ。

——なのに、どうしてだろう。

たまたま目を向けた先、視界の中に、あのカ、カ、カップル、ル、の姿が飛び込んでくるなんて。

「大星君……と、月ノ森《つきのもり》さん……」

ぼそりと、その名前が口からこぼれる。ハッとして振り返るけど、部員のみんなは行き先の議論に夢中で聴こえてなかったみたい。よかった。

さりげなく移動して他のみんなの陰に隠れる位置に立ちながら、問題のふたりの様子を見る。

未練があるわけじゃない。ただ、私をフッた大星君の本命が誰《だれ》だったのかは気になる。

デートをリードしてるのは意外にも月ノ森さんのほうかな。パンフレットを見ながらずんずんと歩いている。大星君のほうに目もくれず、彼女の目は、その興味関心の向かう先はほとんど周囲の光景だけ。大星君は忠犬よろしく後ろからついていくのみで、カップルというよりは、唯我独尊《ゆいがどくそん》のお嬢様に付き従う執事のよう。

でも、そんな光景に。いや、そんな光景だからこそ。

私は確信した。

「大星君――月ノ森さんの顔を、ずっと見つめてる」

見惚《みほ》れてるのか、何なのか。どうしてそこまで視線を吸われずにいられないのか、彼の本心こそ私には知る術《すべ》もないけれど。

でもいまこの瞬間、大星君のすべての感情は月ノ森さんが独占している――それだけは確かだった。

大星君の好きな人は、月ノ森真白《ましろ》――。きっと、これが正解だ。どんな問題も解き明かせる、100点しか取れない私がそう結論づけたんだから、間違いない。

「もぉ、みんな意見バラバラでまとまらないよぅ。――ね、翠部長はどう？」

突然、山田さんが話を振ってきた。

行き先の希望が割れてる、っていうのはあるだろうけど、たぶん半分は私を気遣ってくれてるんだと思う。

じゃあ、存分に甘えさせてもらおうかな。

「……飲みたい」

「え？」

「何もかも忘れられるぐらいに。浴びるほど。飲みまくりたいっ」

なんでだろう。その言葉は自然と出てきた。

もちろん経験はないけれど、ストレスを溜《た》めた大人が飲酒で発散するって文化は知っていた。小説や映画といった物語を通じて。だからいまは飲みたい気分なんだと私の脳が認識していても何もおかしくはないんだけど、それでも不慣れなはずのその言葉が妙にしっくりとハマるのが不思議な感じで。

まるでDNAから搾り出されてきたひと言みたいな。たぶん、気のせいかな。

「や、やー、さすがに、ね。それは、ね」

「一生ぶんの『ワル』を先取りしてるからって未成年飲酒はやりすぎだと思うよ、翠部長」

「炎上不可避。刹那《せつな》の過ちで、生涯を棒に振る」

「ここ最近の有名人炎上事件の約8割（わたし調べ）が未成年飲酒絡みですし、おすし」

何を言ってるんだこの子たちは、という感情を込めて、私はみんなをじろりとにらみつける。

「いや飲酒はダメでしょ常識的に」

「あっ、法律遵守はするんですね」

「たとえ一生ぶんの『ワル』をかき集めても翠部長は翠部長であった。完」

「あたりまえでしょ。犯罪なんて絶対に許しません」

空気が緩《ゆる》んだ。みんなの安堵《あんど》した表情を見渡してから、私はある方向に向けてビシッと指をさした。

ランド内にある飲食店。その店先に爽《さわ》やかな緑色の看板が出ていた。クリームソーダの宣伝写真だ。天地堂の色とりどりのゲームキャラクターをモチーフにしつつ、ソーダの弾《はじ》ける様を爆発《ばくはつ》で表現した、ハイセンスな看板だった。

ソーダの過激な刺激で、脳味噌もバチンと痺《しび》れてイイ感じにアガるのではなかろうか。

こういうのなんて言うんだっけ。超チルな気分からのソーダをキメてぶち上げ、みたいな。

うん、これ。これこそが不良だよ。

「おー、さすが翠部長！　ここのクリームソーダ、名物らしいよ！」

「すべてを知り尽くした上で最適な選択。やはり翠部長は、ミドペディア」

感心されちゃった。

ただ魂の求めに応じただけで、名物なんて知らなかったんだけど……まあいっか。みんなも喜んでるし。

interlude

Tomodachi no imouto ga ore nidake uza

幕間●●●●●彩羽と海月と音井さん２

ピィキエアァァァ――――……！

怪鳥の甲高《かんだか》い鳴き声が響き渡った直後、雷鳴が轟《とどろ》き、人の悲鳴が闇《やみ》に染まった空を裂く。

楽しい音楽とマスコットキャラが楽しげに子どもたちとたわむれる夢の王国からすこし歩き、トンネルをくぐり抜けた先。頭上に焚《た》かれたスモークのせいか昼間にもかかわらず薄暗い空の下、おどろおどろしい雰囲気の巨大な建造物が待ち構えていた。

名を、天地堂《てんちどう》ゴーストマンション。

四階建てのその建物は、壁はひび割れ蔦《つた》が這《は》い、血文字でびっしり「Go To HELL（地獄へ落ちろ）」。

来る者を拒むことしか考えてなさそうなマンションを前に、さすがの私、小日向彩羽《こひなたいろは》も恐怖……よりも先に困惑に襲われていた。

や、だってそうですよ！　さっきまで天地堂エターナルランドの楽しい雰囲気だったんですよ⁉　なんで同じ敷地内なのにこんなに世界が違うんですか⁉

「さっきまでと変わりすぎてるんですけど！　流れてる音楽もいつの間にか怖いのに変わって

るし、これどういう理屈ですか!?」

「これな、スピーカーの配置を計算し尽くしてるんよー。BGMの切れ目に気づいちまったら世界にどっぷり浸れないだろー？　せっかく夢を見てたのに、人工物だったんだーって醒《さ》めるんよなー。それを防ぐために、客がまったく気づかないうちにBGMをループさせたり、切り替えたりする技術を取り入れてるんだとさー。んまんま」

隣で音井《おとい》さんが解説してくれる。……パンケーキサンドを食べながら。

さっき売店で買った戦利品を美味《おい》しそうに食べてるけど、大丈夫なんだろうか。祇園《ぎおん》のときにも抹茶パフェを食べてたし、食べ過《す》ぎてお腹《なか》を壊しそうな気が……。

それはさておき。

「な、なるほど……。でもここまで世界が違うと、さすがに違和感しかないです……」

お化け屋敷にしてもクオリティが高すぎる。こんなに怖くする必要なかったような……。

「原作ゲームの世界観に忠実なんだろうよー。『ゴーストマンション』シリーズは、天地堂のゲームの中では異色作って言われてるからなー。昔、まだゲーム業界が黎明期《れいめいき》だった頃に生まれた、カオスの名残りってやつだなー」

「お化け屋敷としても有名、メディア取り上げ、注目集めます」

博識な音井さんに続けて、海月《みづき》さんも自らの知識を披露する。

「特にお化け役。演者、迫真、とてもすごく、一流の役者レベル。怖さ引き立てることで話題、かっさらいます」

「ほえー」

私以外の人たちが詳しすぎて、なんだか主人公になった気分です。ほら、ゲームだと主人公とプレイヤーの情報量が一致してるほうが世界に没入しやすいし操作や世界観の説明もしやすいから、自然と周りにいる人が事情通キャラになるっていうアレですよ、アレ。

ちょっと前にセンパイに教わった、ゲームづくりのテクニックってやつです。えっへん。

……なんて、ＴＥＬ《ティーイーエル》知識で負けてる代わりに、センパイの受け売りで脳内マウントを取ってみたり。

「今日はこのお化け屋敷で撮影するんですか？」

「ウイです。日本文化、紹介の延長、お化け役、何名か登場する、します」

「えーっ！　お化け役をやってたら、ハリウッドに⁉　そんなことってあるんですかっ」

「エキストラ、ですが。遊園地のキャスト、役者の卵、いる、います。注目浴びる、機会恵まれる、何事も、です」

「自分の仕事に全力で取り組んでたら、いつか見つけてもらえる日がくる。そう考えると夢がありますねっ」

「フフ。彩羽ちゃん、それでいい、正解、思います。でも、誰《だれ》もがハリウッド、大きい仕事、目指してる違う、違いますから。彼らはたぶん、いまの仕事に満足、やりがいをもってやっていただけ。これはあくまで結果。それに、頼りたい、使いたいのは撮影班のほうですから」

海月さんが諭すように言う。

確かに私みたいな夢を持ってる人だけじゃないし、最初から映画への登場を期待してお化け屋敷のキャストをやってる人はあんまりいないかも。

考えてみたら私が海月さんに見つけてもらえたのも、『黒山羊《くろやぎ》』の声優をやっていたからだ。

そしてその仕事自体は、べつにブロードウェイの大女優に見つけてもらおうと期待してたのでも、スカウトへのアピールでも何でもなく、ただ好きだから、楽しいから、センパイに求められたからやっていただけ。

全力で自分の仕事と向き合ってただけで、その先に転がり込んできたものは、すべてがただの偶然だ。

「すみません。変なこと言っちゃいました。すごい撮影現場を見てるからって、はしゃぎすぎですよね。あはは」

「いえ、素直な反応。あたりまえ、当然のことです。可愛《かわい》くてワタシは好きですよ」

「んー、けどこれは、どういうことだー?」

「おや。音井サン、何か気になる、なりますか?」

「『ゴーストマンション』を舞台に撮影するにしちゃー、人払いが済んでない気がしてなー。ふつうに客が入ってるように見えるんだがー」

言われてみればそうだ。

私たちと撮影班は建物の裏口側にいるけど、ここに来る途中に見えた表のほうでは、行列ができていた。

しかも現在進行形で建物の中からお客さんの悲鳴が聞こえてくる。絶賛営業中、って感じだ。

「ＯＨ。そうでした。正確には撮影、いまからと違います。営業時間終了後、人を消してから、撮影です」

「人が消えてから、ですよね？」

消してから、と、消えてから、だとイメージに大きな差があります。

海月さんの発言はたまにガチで言ってるのか、ただ日本語を間違ってるだけなのか、わからなくなるときがあって怖い。

「この時間に来た、来てるのは、撮影前の打ち合わせ。あと、関係者ドキュメンタリーの収録、先に終わらせる、効率的、プロの段取りです」

「こういうのって撮影が終わった後に撮るんじゃないんですね」

「時と場合、タイムイズマネー、あります。社会人、忙しい。隙間《すきま》の時間、見つけ、差し込む必要あるので」

「タイムイズマネーは違うと思いますけど、なるほど」

ただ観《み》てるだけだと気づけない、時系列の前後っていうのがあるんだなぁ。

そういえば『黒山羊』の収録でも、「DL数●●万突破ありがとう！」ってボイスを、先に1000万DLのぶんぐらいまでは先に撮ってありますからね。

もしかしたらプロの現場も、私たちが普段やってることを更にレベルアップしてるだけで、本質的には同じなのかも。

「ほーん……でもそうなるとー、あんたはいなくてもいいのにここにいる、ってことだなー」

「OH。勘が鋭い、ナイフ、あります。気づきすぎて、ぶっ刺し、血みどろ危険、夜は背中に気をつけやがれ、です」

「ははは。いきなり日本語おかしくなったなー。うける」

「笑ってる場合じゃありませんよ⁉　いまのセリフ、さすがに物騒すぎますって！」

海月さん、怖い。

音井さんも、なんで笑って受け答えできるのかわからなくて怖い。

ふたりの危険人物指数が高すぎて、キャラ立ちまくりのはずの彩羽ちゃんが薄く感じるんですけど！　こんなの許されていいんですか⁉

「確かにワタシ、役者。それも主役と違います。本来ここに同行する必要ない、ありません」

「んじゃー、小日向に現場を見せるためだけに？」

「はい。彩羽ちゃん、連れてきたかった。それだけです」

「なるほどなー。……んまんま。ちゅー」

納得しながらパンケーキサンドを平らげ、クリームソーダをストローで吸っている。

……さすがに心配になってきました。

「あの、音井さん、そんなに食べて大丈夫ですか？」

「なにがだー？」

「や、あの、さっきチラッと見たら園内のトイレすごい行列でしたし、あんまり食べ過《す》ぎると尿意が……」

「はい、地雷」

「ええっ⁉」

音井さんの体を案じただけなのに、不意打ちで地雷判定を食らってしまった。

「久々に来たなー。ここしばらくなかったから、しっかり教育が行き届いてきたんだと思ってたんだがなー」

「教育も何も、ヒントすら教えてくれないじゃないですかぁ。それで回避するの無理ゲーですって！」

「ははは。まー説明はしないからー、せいぜい回避できるようがんばれー」

「理不尽！」

「ＯＨ、面白《おもしろ》そうなゲームをやってますね。ワタシも混ぜる、混ぜてほしいです」

「や、これそういうのじゃないんで。音井さんの地雷ワードを言わないように気をつけるだけの理不尽な縛りなんで……」

「地雷……つまり、言われたくない、触れられたくないサムシング。そうですね？」

「ノーコメントでー」

音井さんは徹底的にはぐらかす。

しかし好奇心をくすぐられたのか、海月さんは退《ひ》く気配を見せず、ふーむと名探偵の如《ごと》く顎《あご》に手をやり考えて。

そして、ああ、と納得したように手を打った。

「**地雷ワードはトイレ。下の名前に関係ありますね**」

「**……あ？**」

ぎゃああああああああああああああああああああああああああ!!

ドスの効いた音井さんの声、めちゃ怖っ！

天地堂ゴーストマンションのホラー世界観が吹き飛ぶ勢いの怖さなんですけど！

「な、ななな、なんてこと言い出すんですか海月さん!? ただでさえ空気最悪なのに、よりによって地雷ワードに踏み込むなんて！」

「おや。正解当てるゲーム、思ってました。音井さん、下の名前、頑《かたく》なに隠します。触れたらいけない、同じ。つまりそういうことでは」

「ストップ！　ステイ！　ステーイ！　とにかくいいから止まってください！」

「ワタシ、また何かやっちゃいました？」

「やりまくりですよ！　ナチュラルボーン主人公ムーブが許されるのは異世界だけです！」

海月さんを止めつつ、ちらりと音井さんに目をやった。

どうしよう、絶対怒ってる。殺意の波動に目覚めてる。

そう思って、おそるおそる細目を開けて確認してみると……意外にも音井さんの表情は普段と同じ、いや、むしろうっすらと笑みさえ浮かんでいて。

「ははは。まー、新キャラのしたことだし、ウチは大人だからなー」

「そ、そうですよね。地雷地雷と言いつつも、なんだかんだでそこまで気にしてないですもんね。いやぁ～さすが音井さん。大人！　よっ、アダルトチルドレン！」

自分でも使い方間違ってると気づいてるけど、ここは勢い重視。

とにかく音井さんの機嫌を直したい。

私の努力が功を奏したのか、音井さんはニコニコ笑顔を保ってくれて。

「とりあえずぶっころリストに入れとくわー」

「全然許してないーっ！」

表情は心の証明に非《あら》ず。本音は行動の中にしか表れないってやつですね。本当にありがとうございました。

＊

スタッフの通用口から中に入り、詰め所のようなところへ通される。

来る途中に衣装がずらりと並んだドレッシングルームや鏡と椅子が目立つメイク室が見えた。アイドルや芸能人のたぐいが準備をしていそうなＴＨＥ楽屋裏といった雰囲気だけど、上辺が開いた段ボールの隙間から覗《のぞ》いてるのが血みどろのゾンビのマスクで、ここはお化け屋敷なんだぞと全力で主張していた。

通されたのはやや広めの会議室で、撮影機材を持ち込んでいる外国人スタッフや監督の他、日本人の関係者らしき人もちらほらいる。

ほとんど部外者に近い私たちにわざわざ名刺を渡しに来たりはしなかったから正確なところはわからないけど、聞こえてきた会話の内容からして、出演するお化け役の役者の他にも記者とか広告代理店の人とかいろいろな大人が来てるみたいだった。

ふわわ……あらためてすごい場所に来てしまった……！

今更ながら膝《ひざ》がガクガク震えてきましたよ、私！

でも、いずれ役者として大きくなるなら、こういうのにも慣れていかないと。

——大丈夫、私ならできる！　たぶん！

センパイから『黒山羊』のシナリオを巻貝《まきがい》なまこ先生にお願いできたと聞かされたときも、なんでそんな有名作家が⁉　と驚かされたけど、なんやかんや《5階同盟》の活動を重ねていくうちに慣れてきたし！

パンパン、と頰《ほお》を思い切り叩《たた》いて気合いを入れ直していると——……。

「きゃあああああああああああああ！」

「ひえっ⁉」

突然、女性の悲鳴が聞こえてきて、ビクンと背筋が伸びた。

恐怖演出の施されていない舞台裏はいかにも普通の事務的な部屋、という雰囲気だったので忘れそうになるけど、ここは天地堂ゴーストマンションの裏側。

客が通る道とは明確に区切られているとはいえ、大きすぎる悲鳴までは遮《さえぎ》れず、貫通してくるんだろう。

驚いた私の反応が面白かったのか、海月さんがクスクス笑っている。

「女の子、百面相、可愛いですが。ワタシ、特に驚き、サプライズでビクンとなるの、好き。愛《いと》おしいです」

「うう〜、いじわるすぎませんか、それは」

「フフフ。ここにいるの怖ければ、すこしの間、離れていてもいい、許します」

「こ、怖くないですしっ。せっかくの機会なのにお化けが怖くて逃げてられませんよっ」

「殊勝な心掛け、素晴らしい、ワンダフル、です。でも、しばらくはただの打ち合わせで役者の参考になるような会話も、お願いしたいお手伝いもありませんので。そうですね――」

言いながら海月さんは、細い指で自分の喉《のど》を撫《な》でてみせた。

「――ここはひとつ、喉が渇いたワタシに、何か飲み物、買ってきてくれる、ますか？」

「さっきの売店で一緒にクリームソーダを飲んだばかりじゃ……」

「甘い飲み物、喉渇くの早く、枯渇、砂漠の中、干《ひ》からびて死ぬ、あります。ミネラルの水、所望する、欲しいです」

「そ、そういうことなら、買ってきますけど……」

大事な瞬間を見逃してしまったらもったいない。そう思って、会議室にいる大人たちの様子を見てみると、大声で笑いながら適当な会話をしているだけで、プロ同士の真剣な会話をしている感じじゃなかった。

確かに、席を外すならいまのタイミングが良いかもしれない。

……べ、べつに、悲鳴が聞こえる怖い場所に一分でも長くいたくないとか、そんな情けない理由じゃないですけどね！　現実主義者みたいな顔して実はお化けが苦手なセンパイじゃあるまいし。

「小日向ー、ウチも頼むわー」

「あ、はい。……っていうか音井さん、めっちゃなじんでる！」

偉そうな大人たちしか椅子に座ってない場で、音井さんはふつうにそのへんのパイプ椅子に座ってぐでーっとしていた。

傲岸不遜《ごうがんふそん》、唯我独尊《ゆいがどくそん》、と表現するとカッコいいけど、どっちかというとふてぶてしいデブ猫みたい。……なんて思ってるとバレたら怒られそうだから、絶対口にはしない。

「ちな、さっきのクリームソーダ、おかわりで頼むわー」

「まだ甘いの行くんですか⁉」

「もちー。……あ、いまの流行語的には、もちもちプリンだっけかー」

「や、それ流行《はや》ってないです」

うちのクラスでやたら使う子いるけど、ネット見てても使ってる人、他に見たことないし。てかどうして音井さんはそれ知ってるんだろう。えっ、もしかして私が知らないだけで実はどっかで流行ってるの？

疑問は尽きないが、問答を繰り返してたら時間がいくらあっても足りない。

敬愛する師匠と頼れるお姉ちゃん先輩への敬意を込めて、後輩力全開の敬礼をビシリと決めて。

「まーでも了解ですっ。小日向彩羽、お使いに行ってまいりまっす！」

私はバッグの中から財布だけを取り出して、詰め所を飛び出した。

そして、迷子になった。

「あ、あれー？　ここ、どこですかー？　お、おーい……」

建物の外に出ようとして歩き回っていたら、まったく見覚えのない道に来てしまった。

来るときは撮影班の人たちの後ろについていっただけで、道を全然覚えておらず、まあ下を目指せば一階にたどり着くだろうと思って適当に階段を降りたら、廊下や壁の色がガラリと変わった。

詰め所は確か四階だったはず。つまりここは、まだ三階？

ふつう階段って、一ヵ所で上から下まで一気通貫《いっきつうかん》すると思うんだけど、なんで一階ぶんしか降りれない階段なんかがあるの？

「……って、あー、そっか。お化け屋敷だからかー」

ダンジョンみたいなものだと考えたら、適度に階段をふさいで、廊下を抜けなければ次の階には行けないように構築して当然だ。

わー納得。

……じゃなーい!!

つまり私はいま、お客さんが通るコースの中に迷い込んじゃってるってことでは!?

入場料を払ってないのにアトラクションで遊ぶなんてNGですよ!?

私の犯していい悪事は、センパイに対してのいやがらせだけなのに！　いや、そもそもあれはセンパイもうれしいんだから悪事ですらないわけで！

わわわ、大変だ。早く引き返して、元の場所に戻らないと。

そう思い、振り返って――……。

「だめだー！　どっちから来たか全然わからないーっ！」

薄暗い通路、恐怖演出のためにわざと汚した床、壁、置き物。煩雑《はんざつ》で、入り組んでいて、自分でもどうやってここまで来たのかよくわからなかった。

「**きゃあああああああああああああ！**」

「**ひえっ⁉**」

客の悲鳴がさっきよりも大きく聞こえて、私の悲鳴も自然と大きくなった。

なんてこと……なんてことだ。

小日向彩羽、どうやらホラー空間に取り込まれてしまったようです。

うぅ～……どーしてこーなるんですか――――っ‼

第3話　俺の元カノ（偽）がホラーにだけ強い

ピィキェアァァァ――……！

怪鳥の甲高《かんだか》い鳴き声が響き渡った直後、雷鳴が轟《とどろ》き、人の悲鳴が闇《やみ》に染まった空を裂く。

築何年か不明、建築基準法を守ってるのかも不明、ひび割れた壁に好き放題に伝う蔦《つた》、赤い血文字で「Go To HELL（地獄へ落ちろ）」と書かれてるあたり逆に事故物件としては正々堂々としてるようにさえ錯覚してしまう。


ていうかまたホラーかよ！　俺《おれ》の体験するイベント、ホラー多すぎだよ！


「いやおかしいだろ。さっきまでの楽しい夢の王国はどこに消えた⁉」

「騒がないで。ゴーストマンション。有名な作品でしょ」

「そりゃそうなんだが、これは……気合い入りすぎだろ……」

子ども向けゲームの多い天地堂《てんちどう》における異色作と言われ、生粋《きっすい》のホラーマニアの間でコアな人気を博している作品。

その世界観を余すことなく表現しているのは評価すべきポイントだろうが、ゲーム画面でも

んだ。

怖いものを現実で完璧《かんぺき》に再現してみせたらトラウマ必至の怖さになるのは必然なわけで。

俺が特別に怖がりなわけじゃない。顔色ひとつ変えない真白《ましろ》のほうが肝《きも》が据わりすぎてる

「ほら、行くよ。グズグズしないで」

「な、なあ、べつの場所にしないか？　お化け屋敷ならまた他の遊園地に行ったときにでも」

「は？　ばかなの？」

冷ややかな眼差《まなざ》しで罵倒された。

「ＴＥＬ《ティーイーエル》のお化け屋敷は世界的に評価が高い。世界観や演出に学ぶことが多いのにスルーとか、『黒山羊《くろやぎ》』のプロデューサーとしてアキはそれでいいの？」

「う……返す言葉もない……」

確かに真白が正論だ。

閉ざされた建物の中で繰り広げられる惨劇、恐怖……それは奇《く》しくも、俺たち《５階同盟》が作っているゲーム『黒き仔山羊《こやぎ》の鳴く夜に』と同じ方向性。

ここで逃げ出すようじゃあ、プロデューサーの名が廃《すた》る！

「わかった、俺も男だ。覚悟を決めよう」

「ん。行くよ。……わくわく」

水を得た魚のように逸《はや》る足取りで、真白は大量のお札が貼《は》られた入り口ドアを開ける。

俺も胸を張って真白の後をついていった。……真白を先に行かせるのは盾にしてるみたいで情けないって？　馬鹿《ばか》言え、背後を守ってるんだよ。怖くて先頭を歩けないとか、そんなわけが――……。

「ぱんぷくらびぃ～☆　よぉ～こそ天地堂ゴーストマンションへ！」

「うわあああああああああ⁉」

絶叫した。

いや、そりゃそうだろ。エントランスに足を踏み入れた瞬間、耳元で声をかけられたんだぞ。ビビるわ、こんなもん。

「……アキ、大声出しすぎ。これくらいで悲鳴上げないで、恥ずかしいから」

「す、すまん、つい……」

「あっはっはー。厳しい彼女さんだネ☆　でもダイジョーブ。たくさん驚いてくれたほうが、僕らもうれしいからサ」

笑いながらそう言ったのは、ピエロのコスプレをした男性だった。

原作でもゴーストマンションの案内役を務めているキャラクター、ピエ吉だ。ゲームの中では愛嬌《あいきょう》たっぷりの人物として描かれていたが、薄暗い建物の中で見ると、顔もしゃべり方も、ちょっと怖い。

「さて、気を取り直して――ようこそ、ゴーストマンションへ！　僕の名前はピエ吉。入居者の皆様をおもてなしする、陽気な管理人だヨ☆　おふたりは404号室に入る人だったかな？」

「え？」

「そうです。404号室」

突然何を言い出すんだと固まっていた俺の横で、真白があっさり答えた。

そして俺に耳打ちしてくる。

「……そういう設定ってこと。臨場感重視のお化け屋敷は、たまにこういうことある」

「ずいぶん慣れてるな。遊園地の経験多いのか？」

「ひきこもり時代に、たまにひとり遊園地を……あ、や、ネットで見た。うん、ネットで」

「なるほど」

いまかなり悲しい単語が聞こえた気がするが、聞こえなかったことにしてあげるのが優しさってやつだろう。

「チェックインの前に、先に注意事項を説明するネ」

ゴーストマンション入居者ルール
（1）大きな音を立てないこと！　他の住人に迷惑だからネ。
（2）廊下を走らないこと！　走ったら足をもいじゃうヨ！（なんて、ジョーダン☆）

（3）住人から目を逸《そ》らさないこと！　コミュニケーションは大事！

（4）勝手に死なないこと！　死休の処理は大変なのデス……

いかにもホラー作品にありそうな、かすれたフォントで書かれた注意事項。いろいろ書かれてるが、熱湯風呂《ぶろ》理論というか、わかりやすい伏線というか、絶対に破る流れになってそれが引き鉄《がね》となり亡霊に襲われたりするんだろう。

ふ、見え透いた真似《まね》を。一般客は騙《だま》せるかもしれんが、同じエンターテイナーである俺にはすべてお見通しだ。

「ルールを守って、楽しいマンションライフを過ごしてネ☆　それじゃあ僕はこの辺で……」

４０４号室の鍵《かぎ》を渡すとピエ吉は、くすくす笑いながら一階の廊下を進んでいった。

そして曲がり角から姿を消した、その直後――。

「ぎゃあああああああああああ！」

ピエ吉の断末魔！

同時に、薄暗かったエントランスが急に赤い光で照らされて、天井《てんじょう》からピエ吉の首吊《くびつ》り死体（精巧に似せただけの人形）が降ってくる！

音楽もおどろおどろしさを増し、３Ｄ映像で天地堂キャラの亡霊たちがキヒヒと笑いながら、俺たちを嘲笑《あざわら》うように舞う！

「……っと、こんなもんか。大きい音ですこし驚いたが、３Ｄのキャラだの作り物の死体だの、可愛《かわい》いもんじゃないか」

「むぅ……。まだ子ども騙し。この程度じゃ、満足できない」

臨戦態勢の真白は欲求不満のご様子だ。

……いや、これくらいでちょうどいいよ。それ以上とかいらないから。

「おいで……こっちにおいで……」

曲がり角から白い手が手招きしている。３Ｄ映像のキャラたちも、そっちへ行けと俺たちの耳元で囁《ささや》いている。

どうやらゲームスタートらしい。

「行くよ」

「お、おう。懐中電灯は持ってかないのか？　『ご自由にお取りください』ってあるぞ」

壁際にこれ見よがしに置かれた箱に、懐中電灯が雑に詰め込まれていた。

「いらない」

「なんでだよ。わざわざあるってことは、懐中電灯が必要なくらい道中が暗いってことだろ」

「ご自由に、って書かれてる。義務じゃない」

「や、そりゃ屁理屈《へりくつ》ってもんで……」

「使っても使わなくてもクリアできるってこと。いわば難易度設定。イージー、ノーマル、ハードの三つから選べるなら、当然――」

「そりゃもう男らしく――ノーマルモードだろ」

「却下」

「あえて無謀に突っ込まず、分《ぶ》をわきまえるのも男らしさのうちだ！　わかってくれ」

「らしさなんて関係ない。ホラーは常にハードモードでやるべし。それが真白の正義《ジャスティス》」

「くうっ、どうしてホラーに対してだけこんなにストロングスタイルなんだ……⁉」

「ふ、ふふふ。至高の恐怖。ネタの宝庫。真白の糧《かて》になるがいい……ふふ、ふふふ……！」

目がグルグルしてやがる。

心なしか3Dのキャラたちが真白に対して怯《おび》えているような気さえした。

俺も、真白についてったら全然平気かもしれないな、これ。

＊

「ぎゃー！」

前言撤回。滅茶苦茶《めちゃくちゃ》こえぇ。

一階こそ天地堂のキャラたちがコミカルにお化けの仮装をしたＣＧが飛び交う、子ども向けの皮をかぶっていたが、二階からは雰囲気一変。

等身大の亡霊（ゾンビみたいなもん）が全身全霊のうなり声を上げて突撃してきたせいで、生まれ落ちたその瞬間でもここまでの大声は出してないだろうってぐらいの声を出してしまった。

お化け屋敷なんてどうせ作り物だ、仕組みを理解していれば恐怖なんて感じない……そんなふうに考えていた時期が俺にもあったが、それは半端《はんぱ》なレベルのお化け屋敷しか知らない素人《しろうと》の浅い侮《あなど》りだと確信した。

そうだよ、俺は何の道を志していた？　フィクションのプロだろ？

高次元の作り物は、時に天然物を遥《はる》かにしのぐ体験をユーザーに与えるもんだって知ってたはずだろうが。だからこそ面白《おもしろ》く、やりがいがある。本場モノホン、世界レベルのお化け屋敷が、怖くないわけないいんだよ。

とはいえ、だ。亡霊役の人も同じ人間。話せばわかってくれる可能性もワンチャン。

「あ、あの、心臓に悪いんで、もうすこし手心を加えていただいても……」

「ウボアアアアアア！」

「そうですよね！　そりゃ駄目ですよね！」

目の前にいた亡霊に交渉を試みたが一瞬で決裂した。

てかすげえよ役者の人。どっからどう見ても話し合いが通じないモンスターにしか見えない。何なら自分自身を本当に亡霊だと信じ込んでるんじゃないか？

「アキ……なにやってるの。ばかなの？」

「冷めた目で見るのはやめろー！」

むしろなんでお前は平気なんだよ、真白。

悲鳴どころか顔色ひとつ変えないの、絶対おかしいって。

真白の後に数歩遅れて歩きながら、きょろきょろと周囲の様子を注意深くうかがってみる。

ここは廊下だ。

日本で多い開放廊下（手すりが外気に晒《さら》されてるタイプの廊下）ではなく、高級タワマンやホテル等でよくある内廊下になっている。

つまり、閉鎖空間。

好き放題に恐ろしく演出可能なせいで、電灯も常に点滅《てんめつ》してるし壁は穴だらけだし、左右に並ぶ部屋のドアがいきなり開いて亡霊が出てくるしで……ああもう、地獄すぎる！

「ん」

「うおっ⁉ ど、どうした⁉ なんでいきなり立ち止まるんだ⁉」

「しー。しずかに。……あそこ、見て」

「あそこって、次の階段の前だよな。……げっ」

廊下の突き当たり、右手側に、開け放たれた防火扉、ギリギリひとりが通れる程度の隙間《すきま》が空いていた。その隙間からは上り階段が覗《のぞ》いている。

二階をクリアし、三階へ行けるのだから万々歳だが、ひとつだけ大きな問題があった。


「なんつーいやらしい場所にいやがる……！」


小さな防火扉のすぐ脇《わき》に、人間がいた。

椅子に座ってうなだれているから顔は見えないが、露骨に煤《すす》で汚れた灰色の髪と、枯れ木のような手足からしてどう見ても亡霊役です本当にありがとうございました。

「ここを通るしかない一本道に、死体っぽい人。……絶対に怖がらせるという、強い意思を感じる。これは……技あり……！」

「喜ぶな。くそ、何がトリガーで動き出す亡霊なんだ、あいつは。それさえわかれば、踏まないようにして通り抜けるんだが」

「なにブツブツ言ってるの？」

「──って、考えてたら真白がもう進んでるーっ⁉」

一秒の躊躇《ちゅうちょ》もなく亡霊の脇をすり抜けて、真白は階段を上がろうとしていた。

真白は振り返って、顔をしかめる。

「うるさい。大声、出しすぎ」

「仕方ないだろ。こんなあきらかに動き出しそうな奴《やつ》の傍《そば》をなんで無表情で通れるんだよ！」

「どんな驚かせ方でくるのか楽しみだから。……近づいても動かなかったけど……それはそれで意表を突かれた。新しくて、グッド」

親指立ててサムズアップ。お化け屋敷のクオリティに評価を下すカノジョとは恐れ入る。

……いや、もうカノジョじゃないんだけどな。

「まあ、何もないならそれが一番だ」

「ん。一回だけならね。こういうのが続くと興醒《きょうざ》め」

「俺としては続いていいんだが……」

ともあれここはノーリスクで通れるらしい。

女の子に炭鉱のカナリア役をやらせるのはどうかと自分でも思うけど、正直、真白が先んじて亡霊トリガーを検証してくれてホッとしてる。

どうでもいいけど、炭鉱のカナリアと担当のカナリアって語感似てるよな。そのままだと毒の強すぎる作家の原稿を先に読んで、まろやかに調整してくれるのが編集者の役目って考えると、綺羅星金糸雀《きらぼしカナリア》っていうペンネーム（？）もなかなかにハイセンスだ。

なんてことを考えながら真白に続いて亡霊の脇を通り過ぎた、そのときだった。

バタン!!

「……え？」

振り返ると、椅子に座っていた亡霊が床に崩れ落ちていた。

ばさぁ、と床に広がる長い黒髪。

枯れ木のような手足が蜘蛛《くも》を彷彿《ほうふつ》とさせる動きでカサリと動き、床を這《は》いつくばったまま、こちらへと近づいてくる。

「よこせ……」

「え、ええっと……ぼ、亡霊さん……？」

「非モテの俺に、カノジョをよこせえええええ」

「彼氏への嫉妬《しっと》がトリガーなのかよ!!」

真白だけが通っても反応しなかったのは、二人組の両方が通過して初めて動き出すからか！

と、冷静に分析できたのは一秒だけ。考えるより先に足が動いていた。

全力疾走で階段を駆け上がろうとする。

「待って」

が、すぐに止められる。

真白は顔の前で、しーっと指を立てた。

「しずかに。走るのもだめ」

「なんでだよ。追いつかれるぞっ」

「ルール忘れたの？　大きな音を立てない。廊下を走らない」

「あ……」

「アキならわかるでしょ。あれは破れば余計に亡霊が増えるやつ」

「なるほど、確かにそうだ」

自分も『黒山羊』でオズに似たようなシステムを組み込んでもらった経験がある。

あえてシナリオで「話はよく聞きましょう」と禁止事項を伝えた上で大きな音を出す恐怖を演出し、音に驚いてスマホの音量を下げたら、画面の怖さが増す……とか。

鬼か、俺。

いやまあ、物語の没入感を高める手法、工夫としてはかなり良い線行ってると思うんだよ。

自分がやられると「クソが！」ってなるけど。

俺と真白は手をつないで、ゆっくりと階段を上がり、三階へ向かうことにした。

足音も立てず、声も出さないようにしたら、背後の亡霊も、動きを緩《ゆる》めてくれていて。

「**おてて……つなぎ……うらやま……**」

悲しそうにカリカリ床を引っ掻《か》《ひ》いていた。

何かすまん。でも、カップルじゃないんだ、本当に。

と、そこで俺はハッとした。

……待て待て待て。数行前にさらっと描写されていたが、いまの俺、真白と手をつないでるのか⁉　あっ、ホントだ、つないでる！

あまりにも自然な流れで手をつないでしまったせいで、自覚するのに時間がかかった。

い、いいのか、これは？

恋人ごっこは終わったんだぞ、こんな恋人のような行為、本当にいいのか？

「お、おい、真白」

「しー」

静かにしろ、と目で咎《とが》められた。

さっき同じ指摘を受けたばかりの俺は、黙るしかない。

薄暗い階段を上がりながら、俺は触れ合う手の温《ぬく》もりに意識を奪われていた。

階段の壁に目が浮かんでいたり踊り場に生首が転がっていたりと相変わらず地獄じみた景色が続いていたけれど、真白の手のやわらかさとか、真白の横顔とか、真白のちょっと甘い香水の匂《にお》いとか、ありとあらゆる真白の存在感が気になって、さっきまであんなに恐ろしかった亡霊の存在さえ霞《かす》んでいた。

無言だからこそ、研ぎ澄まされる触感。自分の体温が妙に高く、火照《ほて》っているのがわかる。

恐怖を癒やすワクチンの副反応がちょっと強めに出てるだけだと自分に言い聞かせるが、昨夜の翠《みどり》との一件で自覚した自分の感情と照らし合わせると、なんとも言えない微妙な気持ちになってしまう。

手をつないだまま三階に足を踏み入れる。

三階の廊下は真っ暗だった。

文字通りの、真っ暗。

これまでも薄暗くはあったのだが、それでも隣の真白の顔は見えたし、床や壁の様子を視認するぶんには問題なかった。

しかしいまは隣の真白の顔さえ怪しく、廊下がどれくらい長いのか、どこにどんな仕掛けが施されているのかさえまるで見えない。

「おいここ、懐中電灯前提のエリアじゃないのか?」

「…………」

真白からの返事はない。

じーっと暗闇《くらやみ》の廊下を見つめている。

ふいに、はらりと真白の手が離れた。

さっきまで感じていた温もりが消えて、すこし手が寂《さび》しくなる。

それと引き換えに目がだんだんと暗闇に慣れてきて、ぼんやりとではあるが、真白の横顔が見えるようになってきて——……。

「え？」

その横顔を見て、思わず変な声が出た。

――めっちゃ目がキラキラしてやがる。まるで子どもがおもちゃ屋で好きなヒーローの変身アイテムを見つけたときみたいな。

真白は自由になった手を顔の横、否《いな》、口の脇に持っていく。

いや待て。その手の位置は、あれだろ。山の頂上とか運動会の客席でやるポーズ――……。

「ま、まさか……。お、おい真白。やめろ……」

禁止事項。――大きな音を立てるな。

それを破れば、大いなる恐怖が降りかかるであろう。

逆に言えば、ルールを守ってさえいれば、ほどほどの恐怖で済むわけだが。

逆の逆を言えば、ルールを守らなければ更なる恐怖を見せてくれるわけで。

真白がそのどちらを望むかといえば、答えは明白だった。

「よいしょー！」

「コイツ、やりやがった！」

山彦《やまびこ》やら応援やらの要領で、手を拡声器にした真白渾身《こんしん》の大声。

地の声が小さめの真白でも静かな空間で全力を出せばそこそこやかましく、暗闇の廊下に波の如《ごと》く響き渡っていき――……。

「「「ヴォヴォヴォヴォヴォヴォヴォヴォヴォヴォヴォヴォヴォオ！」」」

暗闇から怒濤《どとう》の勢いで亡霊たちが現れた！

「うんうん。これ。これだよアキ。やっぱりお化け屋敷は最高火力を楽しむべしっ」

「帰ってこい、真白！　目がイッてる！　グルグルしてるから！」

殺到しつつある亡霊たちを前に、真白は完全に興奮していた。両手を拡《ひろ》げて目の前の光景を歓迎し、ウキウキした様子で進んでいく。

「この中に日和《ひよ》ってる奴いるー⁉」

「いるよ！　俺だよ！」

「見せて。もっと全力の恐怖を。真白のネタを！」

「お、おいっ、そんなに離れたらっ……」

ガンギマリ恐怖ジャンキーと化した真白は、あははと笑いながら走り出した。――廊下を走ってはいけません、という禁止事項を犯して、更なる罰を受けるために。

真っ暗闇の中で完全に真白の姿が見えなくなる。

「ちょ、置いて……待っ……」

と、声を上げようとしたところで、口をつぐむ。

ギギギ……と首を動かして周囲を見ると。

VIP
PASS

亡霊が、めっちゃこっちを、睨《にら》んでる。

大声を出したり、走り出した瞬間に、チーズに群がるネズミのように殺到して俺を押し潰《つぶ》してくる気だ。マジでそう、絶対そう。

いや、でも待てよ。レベル5の怖さを10分間経験するより、レベル10の怖さを一分間で駆け抜けたほうが効率的に恐怖を回避できるのでは？

……却下！　これ以上、ヤバい演出をぶち込まれたら正気を保てる自信がない！

切り替えろ、切り替えろ、切り替えろ。頭の中をゲームクリエイター脳に切り替えろ。そうして純粋にゴーストマンションのギミックを評価、分析し、『黒山羊』に活《い》かそうと脳味噌《のうみそ》を働かせれば、恐怖なんざ感じる隙間はないはずだ。

そう、冷静に冷徹に冷淡に目の前のエンタメを骨組みに分解し解体し解析し俺たちの作品の血肉とし知識とし、自分でももう何言ってるのかよくわからなくなってきたがとにかく余計な思考が生じる隙間をなくせ、俺！

そうだよ、冷静になったらゴーストマンションの亡霊なんか大したことない。

思い返してみれば、これまで出会った亡霊はいずれも至近距離で驚かせてはくるものの体に触れたりはしてこなかった。

当然だ。女性客も多い、天地堂エターナルランド。

男性の役者がみだりに触れるなんて、脱セクハラが叫ばれる昨今、あり得るはずもなく。

そうでなくとも万が一、客に触れて怪我《けが》などさせたら天地堂の責任問題だ。

襲われそうで絶対に襲われない——その一線は、絶対に越えないはず！

ははは、亡霊敗れたり。

仕組みさえ理解してしまえば、こけおどしなど恐るるに足らず。

ＡＩの行動パターンを把握した後のＮＰＣに負けるゲーマーなんていないんだよ！

＊

そうこうしているうちに、地獄の暗闇ゾーンを抜けて三階の上り階段までやってきた。

階段のほうまでは追ってくる気がなさそうな亡霊を振り返り、俺はふっと笑みを浮かべる。

「はっ、終わってみれば大したことなかったな！　悔しかったらここまで追ってきやがれ！

あはははははっ！」

「ヴモオオオオオオオオ！（ご希望ならいくらでもー！）」

「あああああごめんなさいごめんなさい安全地帯の階段だけは勘弁してください」

——教訓。イキったらろくなことにならない。

これ大事なことだから良い子の皆も覚えておこうな。何事も謙虚が大事なんだよ、謙虚が。

「しかしこれ、完全にはぐれちまったよな……」

結局、三階では真白と合流できなかった。

真っ暗闇のフロアだったから、どこかで追い抜いてしまった可能性もあるが……怖さをほぼ感じず突き進む、真白の猪《いのしし》スタイルを考えたら、まあその可能性はないものと考えてもいいだろう。

たぶん、もう上に行ってるはず。

上……そう、四階に。

踊り場まで来て、四階の入口を見上げる。開け放たれた防火扉の隙間、漏《も》れてくるのは赤い光。

どうやら三階のような暗闇の空間ではなさそうだが……。

「四階、なんだよなぁ……」

さっきまでクリエイター脳を全開にしてやり過ごしていたせいで、逆にその発想に思い至ってしまう。

もし俺がこのゴーストマンションを企画した人間だとしたら、どう造る？　ホラー題材で、建物はおあつらえ向きに四階建て。
四、といえば、死の数字。
とっておきの激ヤバ恐怖が待ち受けてるに決まってる。

「行きたくねえ……」

三階まででも心臓が五回は止まりかけた。

亡霊は役者だし呪《のろ》いのアイテムもポルターガイストもすべて作り物だと理性ではわかってるんだが、これぱっかりは理屈じゃないんだよ……。

つーかここの亡霊役の人たち、演技力高すぎないか？

ふだんから彩羽《いろは》の演技を間近で見てるからだと思うが、どうしても俺の目は細かな演技力の差や演技のタイプみたいなものを見分けて、分類してしまう。ビビりながらもギリギリ感じ取ったところによると、ここの役者たち、ただの遊園地のスタッフじゃない。

触られないからセーフ――さっき、俺はそう思って勇気を振り絞り、前に進んだ。

実際、三階で亡霊に触られることはなかったが……それでも、接近されるたびにいつ摑《つか》まれて嚙《か》みつかれてもおかしくないと防衛本能が働き、体がすくみ、脳が危険信号を発して、汗が噴き出した。

彼らはまるで自分が本当に亡霊だと信じ込んでいるかのように見えて。

こと亡霊の演技に限れば、彩羽に勝るとも劣らない役者に思えた。

三階までもそのクラスの役者が演じる亡霊に追われたのだ。とっておきのイベントが待っているであろう四階なんて、とてもひとりで通り抜けられるレベルとは思えない。

「ここまで階段で襲われることはなかった。……つまりここが安全圏、セーブポイントみたいなもんだと考えたら――」

踊り場の壁に触れてみる。正確には、壁じゃない。壁に張られた暗幕だ。

いや、張られた暗幕ですらなかった。触れてみて、初めてそれに気づく。

触れると暗幕が向こう側に押されて、手がどこかの空洞に呑《の》み込《こ》まれていったのだ。つまり暗幕の先に壁はなく、人が入れる空間になっているということだ。

「――やっぱりな。リタイアポイントだ」

四階建ての大規模なお化け屋敷。しかも大の男である俺でさえビビらせるガチの中のガチの場所となれば、ゴールまで行けずに途中でギブアップしたり体調不良に襲われて倒れてしまう者が絶対現れる。

怖くてその場から動けなくなり、パニックになってしまった人間を離脱させ、介抱するためには、途中の怖すぎるフロアとは隔絶された、ごくふつうの日常的な空間が必要になるはずなのだ。

介助用のスタッフが常に待機している必要性もあるし、きっとスタッフだけが行き来できる空間がどこかにあるはずだった。

そしてそれは、亡霊が出現しない、絶対安全圏――階段の踊り場にある可能性が非常に高い。

「完璧な考察。これはもうゴーストマンションに勝利したと言っても過言ではないのでは?」

つまりここでリタイアしても許されるのでは?

「なーんて、な。さすがに真白を先に行かせたまま自分だけリタイアなんてできるわけ……」

と、ひとりで自問自答していた、そのときだった。

ぎゅむっ。……と。

向こう側の空間に突っ込んでいた俺の手が、何者かに握られた。

「「えっ」」

俺と、その何者かの声が重なる。

そして、不幸が起きた。

驚いた何者かがしりもちをつこうとしたのだろう、握りしめたままの手を通じて急激なＧがかかり、当然、重力に逆らわず倒れゆく人間の全体重を不意に支え切ることなど多少鍛えているだけの俺には到底不可能なわけで。

「うおっ⁉」

「うきゃあっ⁉」

俺の体は、暗幕の中に吸い込まれた。

隠し通路の廊下に顔から突っ込む形となった俺は、受け身を取れないと察するや痛みに備え目を閉じて、せめて急所は外そうとあごを引く。

多少の痛みはどんとこい。大怪我《けが》だけはすまい。さあこい、衝撃！

むにゅっ。

…………。…………ん？

擬音、おかしくないか？

もっとこう、バキッ！　とか、ドカッ！　とか、そういう効果音が鳴るところだろう。

人が倒れて床にぶつかったときの音に、そんなやわらかクッションみたいな音を指定したら音井《おとい》さんから怒られるぞ。

「……いや、でもこれ、実際やわらかいな。顔もぜんぜん痛くない」

「う～……いたた……」

体の下から女の子の声がした。

スタッフさんだろうか、どうやら彼女の体がクッションになってくれたらしい。

──やっちまった。

あごを引いたせいで、女の子のみぞおち、ちょうど下乳のあたりに顔を埋《うず》める形になってしまっていた。

防御行動が完全に裏目に出た。

週刊漫画誌のラブコメ主人公じみた芸術的な転び方である。自分の人生でまさかこんな転び方をする日がくるとは思わなかった。

どう考えても俺は教室の端っこが居場所であり、主人公とはほど遠い地味な属性だったはずなのに、修学旅行に来てからというものの、滅茶苦茶ふつうのラブコメじみたイベントに遭遇しまくってる気がする。

いったい俺の人生に何が起きてるんだ？

それもこれも《5階同盟》の仕事をいったん休み、プライベートに目を向け始めたからなのか？

人生ってやつは、ちょっと視点を変えたらどこにでもこんなイベントが落ちてたりするものなんだろうか。

……いや待て、何を冷静に人生について考えてるんだ。

関係ないお化け屋敷のスタッフさんに対してラブコメイベントを起こしても仕方ないだろ。

ラブコメだとしたら、もうとっくにルートに入ってるくらい、俺の気持ちは確かなわけで。

本気の感情を横に置いたまま無関係な女性と不埒《ふらち》なイベントを起こすなんて最低の極《きわ》みであるからして――。

「あの、すみません。もし大丈夫なら、どいてもらえると……」

「あああ、こちらこそすみません！　すぐにどきます！　……って、あれ？」

慌てて飛び起きて、そこで初めて気がついた。

薄暗い中でも見間違えるはずもない。

スタッフさんだと思っていた相手は、どこからどう見ても、あまりに見慣れた顔。

山吹色の髪と、生意気な本性を隠しながらも初対面の相手には優等生の仮面をかぶる、自称も他称も美少女な顔。

その名も――。

「彩羽⁉」

「えっ……せ、センパイ⁉」

修学旅行中は会えないはずの、いまごろ優等生らしく学校に通って真面目《まじめ》に授業を受けてるはずの、置いてけぼりにしてきたはずの――お隣の後輩、友達の妹。

小日向《こひなた》彩羽。

あまりにも予想外な登場、なのはお互い様だったんだろう。

俺も彩羽もほぼ同時、互いに互いを指さして、反射的に頭に浮かんだ台詞《せりふ》を叫んだ。

「「**なんでここに⁉**」」

Tomodachi no imouto ga
ore nidake uzai

友達の妹が
俺にだけ
ウザい

第4話 ●●●● 友達の妹が久しぶりにウザい

「……で、紆余曲折《うよきょくせつ》あってお前はここにいる、と」

「うっす。そうでっす」

ゴーストマンションの裏側、スタッフ専用通路の脇《わき》に積まれた荷物の陰で俺《おれ》と彩羽《いろは》は体育座りで状況整理。

しかしさすが月ノ森海月《つきのもりみづき》というべきか何というべきか、平日の高校生を平気で呼び出すとはナチュラルにイカれてやがる。

そういえば彩羽の奴《やつ》、いま京都《きょうと》にいるみたいな匂《にお》わせLIMEを送ってきてたよな。あれはフラグだったのか。

「にしてもハリウッドの撮影を近場で見学できるとか羨《うらや》ましすぎるな、おい」

「うっす。勉強になりまっす」

彩羽本人に自覚はないかもしれないが、凄《すさ》まじい幸運の持ち主だと思う。

ハリウッドの監督がミュージカル映画を撮ろうとしなければブロードウェイ女優である海月さんが撮影に同行したりしなかったわけで。

昔、どこかの偉そうな経営者が何かのインタビューで言っていた。

『僕は成功者だが、天才じゃあない。もし自分に特別な才能が一つあるとしたら、それは適切なタイミングで適切な縁に恵まれた運の良さだけだ』

才能の結果が歴史を作るのではなく、歴史に残った結果を才能と呼ぶのだとしたら。

俺の信じた彩羽は、やっぱり本当の天才なんじゃなかろうか。

なんて、親馬鹿《おやばか》じみた買いかぶりをしてしまうあたり、俺もずいぶんとプロデュース対象に甘い奴だと思う。……浮《うわ》ついた感情の結果じゃないと、信じたいところだが。

「けど珍しくドジ踏んだな。お使いに出たつもりが客のコースに出てきちまうとか。方向音痴属性なんかあったっけか？」

「うっす。自分、情けないっす」

「……なあ、さっきから口調がおかしくないか？」

「うっす。自分、異常なしでありまっす」

「いやいや絶対おかしいって。そんなヤンキー漫画の舎弟みたいな語尾じゃなかったろ」

不審に思って隣を見てみると、当の彩羽は、何故《なぜ》かあっちを向いていた。

山吹色の髪の隙間《すきま》からちらりと覗《のぞ》いた耳がすこしだけ赤いように見える。

「彩羽」

「……ひゃっ！　ななな、なんですか、センパイっ」

「様子が変だぞ。体調でも悪いのか？」

「や、そーゆーわけじゃないんですけどもっ。なんていうか、その、えーっと、久しぶりすぎてですね……」

「久しぶりって、た、たった数日ぶりだろ。お、大げさすぎるぞ」

「そ、そりゃそうですけど……えーっと、えーっと！」

わたわたと手を振り言葉を探す彩羽。

な、なんだよ、コイツ。ウザ絡みが控えめというか、なんとなく緊張してるような。

あまりにもいつもと違いすぎて調子がくるう。……俺も、そんな彩羽の姿を見ていると微妙にムズムズして、思わず目を逸《そ》らしてしまう。

彩羽の目が窺《うかが》うような上目遣《うわめづか》いでこちらを見た。かと思いきや、彩羽の顔は、すぐにぐりんと逆回転。

「だめだーっ！　センパイの顔見るの久しぶりすぎて、無駄にカッコよく見える‼　こんなにドキドキさせられるの悔しすぎて死ねるんですけどーっ！」

「お、おい、やめろよ。顔を背《そむ》けられて小声でボソボソ何か言われると、悪口言われてる気になるだろっ」

「へっ？　悪口？　言いませんよそんなの！」

「違うのか？　それじゃあなんて言ったんだ？」

「いっ、言えません！」

「どうしてだよ。悪口じゃないなら言えるはずだろ」

「む、むむぅ……」

仮に悪口だとしても馬耳東風《ばじとうふう》。これまでの俺ならそうしてきた。

他人の評価なんざ《5階同盟》の快進撃とは無関係、ひたすら目の前のやるべき仕事だけをやり続ければ、褒め言葉も悪口も等しく右から左へ抜けていく。

だけどいまは、彩羽の口から出る言葉のひとつひとつが、妙に気になってしまう。

俺のことを何と言ったのか。どう思われてるのか。女々《めめ》しすぎて笑えてくるけど。

口をもごもごさせていた彩羽は、吹っ切れたように声を荒らげる。

「べ、べつに何でもいいじゃないですか。細かいことばっかり言ってるとモテませんよっ」

「元よりモテるとは思ってない！」

「センパイっていつもそうですよね。私たちのこと何だと思ってるんですか！」

「PR漫画のコマみたいなセリフ回しやめろ」

胸を隠すように自分の体を抱きしめ気丈に睨《にら》みつけながら鋭く詰《なじ》ってくる彩羽に、ツッコミを入れる。

いろいろなSNSで流れてくる広告だが、つい目に入ってしまうあたりPRとしてはかなり優れてるよな、あれ。ああいうのもプロデューサー的には大変勉強になる。

現実で、後輩女子にあのセリフを再現されるのはちょっと複雑な気分だけど。

「てか、文脈が意味不明すぎないか？　『私たち』っていうのもよくわからんし」

「センパイっていつもそうですよね！」

「もういいっての」

なぜ何度も同じネタを擦《こす》ろうとするんだか。

まあ、それはともかく。

「――さて、おしゃべりはこの辺にしとくか」

と、言いながら俺は立ち上がる。

隣の彩羽が俺の顔を見上げて訊《き》いた。

「どこ行くんですか？」

「元のコースに戻らないと。真白《ましろ》と一緒に来てるんだ」

「あー、真白先輩と……」

「途中ではぐれちまってさ。いまごろひとりぼっちだろうし、早く追いかけないと」

元を正せば真白が勝手に暴走したんだけどな。

だけど、それでも、真白と一緒にいるはずの時間に、こうして彩羽とふたりっきりで過ごすのは、妙な居心地の悪さというか、気まずさというか、申し訳なく思えてきてしまうわけで。

「ふーん。真白先輩と。ふーん。そうですか。ふーん」

「なんだよ」

「べつに？　学を修める修学旅行で恋人同士イチャイチャラブラブ、学生の風上にも置けないセンパイだなーって思っただけで他意はないですよ」

「むしろ他意が本意じゃねえか。あと学校サボって京都に来た元優等生の不良生徒に、学生の風上を語る資格はないだろ」

「優等生には信用貯金があるんですぅ～。センパイと違って、一回サボったくらいじゃ内申点も落ちないんですぅ～」

「なんて都合のいいシステムなんだ……」

一度定められた地位からの逆転が難しい社会の摂理を実感して嘆息する。

ふと、視界の端に人影が見えた。

頭にサンバイザーをつけた、いかにも係員です、という雰囲気の女性がパタパタとこちらに駆け寄ってくる。

……太陽の光とか1ミリも差し込まなそうな空間で、そのサンバイザーに何の意味が？

とツッコミを入れる暇もなく彼女は言った。

「ちょっとちょっと、お客さん。ここはスタッフ専用ですよ。それともリタイアですか？」

「あ、いえ、すぐにコースに戻ります」

「関係者かリタイアした人しかここに入っちゃいけませんよ。さ、あちらへ」

注意されてしまった。

そりゃそうだ、あまりにも正論。当然の反応。

ぐうの音《ね》も出ないので、俺は素直に元の踊り場に戻ろうとする。

「ほら、彼女さんも」

係員の言葉に彩羽が「えっ」と声を上げる。

俺も背後のやり取りにぎょっとして、思わず振り返った。

係員だけが目をパチパチさせて、不思議そうに首をかしげている。

「え、もしかして片方だけリタイアですか?」

「えーっと……」

彩羽が答えあぐねている。そりゃそうだ、いきなりカップル客扱いされたら戸惑いもする。

でも係員の反応も無理はない。

ハリウッドの撮影班に同行していたとはいえ、付き人だか雑用係だかもわからない立場での参加だ。常駐スタッフに顔なんか覚えられてるはずもない。

ゲスト関係者なら、それとわかるタグやシールのたぐいを防犯用に渡されそうなもんだが、彩羽を見るに首から提《さ》げてる様子はない。……まさかポケットに入れてたりするのか? それ防犯上の意味がないから絶対やめろと、イベント歴の長い古《いにしえ》のオタクである紫式部先生《むらさきしきぶせんせい》が口を酸っぱくして言ってたっけ。学校の授業より熱が入ってたな、あのとき。

オタクの流儀はさておき、彩羽だ。

「あー、いや、違うんですよ、これは。俺がここに迷い込んだらたまたま会っただけで」

「おふたりはペアのお客様ではないのですか？」

「そうなんですよ。どういう関係って説明したらいいのか難しいんですが。なっ、彩羽？」

助け船を出した俺は、彩羽に軽くアイコンタクト。

彩羽はすべてを理解したとばかりに頼もしくうなずくと、ぴょんと立ち上がって俺の腕に抱きついてきた。……は？　抱きついてきた？　い、い、い、

「いいえ、完全無欠にカップルです☆」


「はあ⁉」

おいおいおいおい何がどうしてなんでまたそうなった⁉

さっきのアイコンタクトは何だったんだよ！

「やはりそうでしたか」

係員も納得してるし！　満足気にうんうんうなずいてるし！

いやわかるよ！　ここで親しげに話してた男女がカップル客ってほうが収まりいいもんな！

むしろカップルじゃないなら何なのか気になって、夜も眠れなくなるもんな！

「おい、どういうつもりだ彩羽っ」

「細かいことは言いっこなーし☆」

「細かくねえよ！　って、なんだこの腕力。お前いつの間にこんな強引になった⁉」

「さあさあ、行きますよ。セーンパイ♪」

「行ってらっしゃいませ、お客様」

楽しげな彩羽と、彩羽にずるずる引きずられていく俺を、係員の女性は営業スマイル全開で手を振り見送っていた。

＊

「何やってんだお前、どういうつもりだよ」

「どっちにしろ外に出て飲み物を買いに行かなきゃだったんで。通り道でたまたまセンパイと一緒になって、センパイとお化け屋敷を楽しむだけです☆」

暗幕を越えてふたたび階段の踊り場へ。

恐怖の空間に戻ってきちまったわけだが、きゃるん、と星が飛びそうな彩羽の声を聞いてるといい具合に緊張が解けて、怖さも和《やわ》らいだ気がする。

「しかしなんつーか、因果なもんだなぁ」

「聞こえませんよ。ボソボソ言わないで、言いたいことがあるならバシッと言ってください」

「まさか修学旅行でまで一緒になるとはな、って言ったんだよ」

「うれしいですよね☆」

「うれしくな……うれしいかどうかはさておき、ふつうはあり得ないだろ。学年が違うんだからさ」

「そーですねー。ふふ。えへへ」

「……なに笑ってんだよ」

「へへへ。知りませーん」

堪《こら》えきれないというように笑みをこぼす彩羽。

やめろよ、あんまりそういう表情見せるの。童貞がそんな表情を見せられたら、勘違いして舞い上がっちまうだろ。

そういうのは本当に好きな人に対してだけやってくれ、頼むから。俺の精神衛生のためにも。

そう、好きな人……好きな人……。

「ぐ……ぉ、ぉ……」

「センパイ？」

「な、なんでもない。昨日ひざに受けた矢の傷が痛むだけだ」

「えぇ～。怪しいなぁ。もしかして久しぶりに見た彩羽ちゃんが可愛すぎて、顔がニヤけちゃうとか⁉」

「ち、違うっての！　自意識過剰にも程があるぞ！」

「あー声が大きくなってるー！　図星なんだー！　もう、素直になればいいのにぃ☆」

「ぐぐぐ……」

隙《すき》を見せたが最後、彩羽は無限にイジってきやがる。

しかも今回は自分の中に色ボケた部分が存在してる自覚があるせいで、強く否定もしきれない。くそう。

こうなったら最終手段。伝家の宝刀、「ところで」構文！　これを使えばどんな会話からでも強制的に話題を変えられる！

「ところで彩羽。こ、怖いのは大丈夫なのか？」

「あんまり大丈夫じゃないです！」

よし成功！

露骨すぎたから突っ込まれると思ったが、やはり強いな、「ところで」構文。

「ふー……そうなると、この先がちょっと不安だな」

彩羽の追撃の手が緩《ゆる》んだ隙にいったん深呼吸して気を取り直し、俺は、逸らした先の話題を続けた。

「亡霊に襲われたらセンパイを盾にするんで！　ヘイト集めるために今から悪行を積んでおきましょう！」

「亡霊ってそういうシステムなのか？」

善行を積んだら見逃してもらえて悪行だらけだと許されない、カンダタ式を採用していたとは。

なら学校サボって来た不良ウザ絡み女は完全ＮＧじゃないか。ああ、南無阿弥陀仏《なむあみだぶつ》。いや、洋風の世界観だからアーメンか？　どっちでもいいから俺を救ってくれ。

一緒に来てた真白じゃなくて、途中で合流した彩羽とお化け屋敷デートしてる俺も……極刑モノの極悪人《ごくあくにん》だし。もはや今生《こんじょう》に救いはないのかもしれない。

「まあでも言うてお化け屋敷ですし。怖いは怖いですけど、演じてるのが人間だとわかってれば、耐えられますって。幸いここは三階の階段。残すは四階のみですから、ゴール間近だけの短い間ぐらいどうにかなりますよ」

それもそうか。

確かに四階の恐怖はレベルが違うかもしれないが、恐怖を感じる時間の長さは、三階までと比べたら短くて済むし、折り返しを過ぎてゴールが見えてるんだ。

そうだな、きっと余裕だな！

「――と思っていたがやっぱり気のせいだったぜ！」

「なんなんですかこの人外魔境は⁉　現代日本の法律で許されるんですか⁉」

「法的には問題ないがＣＥＲＯには引っ掛かる！　たぶん！」

「子ども向けの楽しいテーマパークはどこに行ったんですかああああああ！」

ゴーストマンション四階、廊下。

床も壁も血（らしき塗料）で真《ま》っ赤《か》に染まった空間に、俺と彩羽の悲鳴が二重奏《デュエット》。

四階に足を踏み入れた直後から全身全霊、休む暇なく怒濤《どとう》の勢いで襲ってきた。

まず手始めにバタン！　と音を立てて背後で防火扉が閉まり、壁にベタベタベタ！　と手形がつきまくり、すべての部屋のドアがやかましく開閉を繰り返し、モニターでも設置してＣＧで表示させているのか天井《てんじょう》が呪詛《じゅそ》みたいなもので埋め尽くされた。

「「ぎゃあああああ！」」

見事なシンクロ。マンションのルールなどもはや一文たりと覚えてない。

ンな場合じゃねえのよ。

学校にテロリストが襲撃したらさすがに廊下は走るだろ？　それで責められる謂《いわ》れなんかあるわけないだろ。

いまがまさにそのときなのだ。

「無理無理無理無理！　センパイ、絶対置いてかないでくださいよ⁉」

「ぬあっ⁉　……お、おう。大丈夫……心配すんな」

混乱して今にも泣きそうな彩羽に抱きつかれて、喉《のど》が裏返ったような変な声が出てしまう。

近い。あまりに近すぎる。

いや、近いを通り越して、こんなの実質ゼロ距離だ。

小日向《こひなた》彩羽といえば(本性はさておいて)学校一と名高い美少女で、大星明照《おおぼしあきてる》といえば普通の思春期男子である。普通の思春期男子が学校一の美少女に密着されたらどうなってしまうかなんて論理的に考えるまでもなくあきらかで。

ましてや小日向彩羽といえば――俺の友達の妹であり、俺のウザい後輩であり、そして当然、どんな意味かはさておき意識せざるを得ない相手なわけで。

恐怖で冷めた頭が瞬時に興奮で上書きされて熱を帯び、すぐさま気まずさと罪悪感で体が冷えたと思いきや亡霊の叫びに驚きふたたび血が沸き体温急上昇。

恐怖と興奮の繰り返しで頭がおかしくなりそうだ。

「ていうかこれ、どこに向かえばいいんですか⁉」

「と、とにかく奥に行けばゴールに近づくはずだ! ――あっ、ほら、あのエレベーターとかそれっぽい!」

廊下の先にドアが開きっぱなしのエレベーターがあった。

エレベーターの箱の中は、これ見よがしに清らかな青い光で満たされている。

これ知ってる。安全地帯の照明《ライティング》演出だ。

ゲームで、敵に襲われる場所とそれ以外をユーザーにわかりやすく示すためのやつ。

「行ける、行けるぞ。あそこに駆け込むんだ、彩羽!」

「わ、わかりましたっ。絶対に抜け駆けしないでくださいよ、センパイ！」

「あたりまえだろ！　手を離したら俺が怖い！」

「めっさ情けない理由ぷふーっ！　でも今はその情けなさに感謝します！」

「泣きそうな顔で全力疾走しながら煽《あお》るなっ」

曲芸じみたアクロバティックなウザ絡《から》み、さすがに器用すぎないか？

やかましく言い合い揉《も》み合《あ》いエレベーターへ向かう俺たちを襲う亡霊たちの勢いが、何段階かギアを上げた。

「**イチャイチャしすぎだぁ！**」

声が野太すぎて何を言ってるのか聞き取れなかったが、凄《すさ》まじい怒気と怨念《おんねん》を感じる。

マンションのルールを破りまくってるからだろうか？

きっとそうに違いない。

「行くぞ彩羽！　滑り込みぃ……」

「セ――――――ッフ‼」

謎《なぞ》の掛け声とともにエレベーターに飛び込み、閉まるボタンを十六連打。

――ズガン！　ドガン！　バンバンバン！

閉じたドアが力任せに何度も叩《たた》かれて、箱の中ががたりと揺れた。

突き破られんばかりの勢いだ。こええ。

しかし破れないと知って諦《あきら》めたのか、亡霊の追撃はすぐに止《や》んだ。

『下へまいります』

そして、スピーカーから流れる事務的な女性のアナウンスとともに、下の階へと動き出す。

エレベーターの中まで襲ってこないあたり、ここが安全地帯だっていう俺の予想は大当たりだったらしい。

それでもギリギリまで、もしかしたら来るんじゃないか？　と思わせてくるんだから、ここの亡霊役は本当によく教育されている。

「はあ、はあ、い、生きてるか？」

「はあ、はあ、な、なんとか。さ、三回くらい死んだかと思いました」

「わかる。俺は四回」

「じゃあ、私は五回で」

「競うなよ」

「私が上だってことを、センパイにはわからせてあげないとなんで。後輩より強いセンパイはいないんですよ」

「死を覚悟した回数は少ないほうが強くないか？」

ふたりして息を切らして、くだらないことを言い合ってみたり。

彩羽の軽口とイキリ台詞《せりふ》は平常心の証《あかし》。

落ち着いてきたら途端にいつもの調子が戻ってきたのか、彩羽はニヤニヤとからかうような笑みで俺を見てくる。

「それにしてもセンパイってば、あんなふうに悲鳴を上げたりするんですね～。まーったく、怖がりさんだなぁ～」

「よくその方向性でイジれるな。お前だってひどいもんだったろ」

「まー私はか弱い女の子ですし？　怖い怖いも可愛いのうちですし？」

「くっ、女の子を振りかざしやがって」

「ふふん。それに、彩羽ちゃんの適応能力を甘く見たらいけませんよ」

得意げに胸を張って、チッチッチ、と指を振る。

なんだこいつ、急に調子に乗り始めたぞ。

「私の得意分野を忘れましたか？」

「演技だな」

「そう！　そしてその本質は、観察とトレースです！」

「つまり何が言いたいんだ？」

「つまり……亡霊の観察は完了したってことですよ。亡霊の行動パターンと思考回路はすべて把握できました。ここから先、亡霊が何を仕掛けてきても私にとっては予定調和。予定調和の脅かしなんて、怖がるほうが難しいんですよ!!　どやぁ!!」

「うーん、50点」

「謎の採点ッ」

「確かにウザいが、ウザさの方向性が王道すぎていまいち面白味《おもしろみ》に欠ける」

「ウザさの点数だったんですか⁉」

「それ以外に何があるっていうんだ？」

「むー。サンドバックの自覚があるのはいいですけどー。ウザさを冷静に処理されると、絡み甲斐《かい》がないんですけどー」

俺がからかうように笑うと、彩羽は子どもっぽくむくれてみせた。

……うーん、なんという安心感。

彩羽とこうしてくだらない応酬を繰り返していると、自然と表情が緩んでしまう。

旅行中、しかもテーマパークのお化け屋敷の中だっていうのに、まるで実家のコタツの中にいるかの（ガタン‼）ようだ。

…………ん？

なんだろう、いま、エレベーターの中が激しく揺れたような。

さっきの亡霊の追撃は終わったはず。そもそも一階に向けて降り始めていたはずだ。

ビー！　ビー！　ビー！

「うおあっ⁉」

「ぎゃーっ！」

突然の警報音。青かったランプが急に赤くなって、点滅《てんめつ》する！

スピーカーからのアナウンスもガサガサと不快な雑音がまじって。

『下へまいります。シタ、へ……まいり……ジゴク、マイリ……地獄参り、シマス』

「何か変な言葉遊びを始めたぞ⁉」

「青は安全の青じゃなかったんですかーっ⁉」

「そのはずだが、そもそもうこの密室は青じゃなくなってる！」

「セーブポイントが突然モンスターハウス化するとか、ゾンビゲームでも許されない所業じゃないですかああああああ！」

「お前がドヤ顔でイキるからこうなるんだ！　完全にフラグだったじゃねえか！」

「はー？　私のせいにしないでください。センパイだってここは安全だって言ってた！」

『地獄地獄カップル殺ス地獄ぅ！』

「「ぎゃーー！　ごめんなさいいいいい‼」」

その後、一階に到着してドアが開くと同時にエレベーターを降りた俺と彩羽は、全力疾走で出口を目指した。

目の前に開け放たれた大きな扉と外の光らしきものが見えて、そこに向けて走っていく。

最後の関門とばかりに待ち構えていた死体安置所（マンションの中になんでンな物があるのか意味不明だが、考えてる余裕もなかった）で横たわっていた人間――否《いな》、亡霊がつぎつぎと左右から起き上がって迫る中を、俺と彩羽は脇目《わきめ》も振らずに駆け抜けて。

そして――……。

「やった……」

「やりましたっ、センパイっ」

俺と彩羽は互いに顔を見合わせながら。

「もう、ゴールしてもいいんですよね？」

「ああ、彩羽。俺たちはやったんだ。これが、正真正銘の……」

まるで24時間テレビでゴールテープを切るランナーのように、解放されたような晴れやかな表情とともに、声を揃《そろ》えて。

「「ゴール……!!」」

感動の、瞬間。

エンディング曲が流れ、さざ波と凪の音が俺たちを祝福する――妄想が脳内再生される。

曲名？　各々《おのおの》、自分の心の国歌を思い浮かべてくれ。

いや、何かもうホント、しみじみと感じるよ。

生きててよかった。

*

「で、真白先輩はどこです？」

「いないな」

ゴーストマンション出口、恐怖で精神を破壊された客たちの死屍累々《ししるいるい》を前に、俺と彩羽だけがけろりとしていた。

ビビリの瞬間最大風速値は高いが、回復も早いあたり感受性豊かな若者の一員なのだろう。

無駄に背伸びして辺りをきょろきょろ見渡す彩羽。

真白の姿はない。

先に攻略した真白が出口で待っててくれているものと勝手に思っていたが、彼女はどこにもおらず。

スマホで連絡を取ろうと試みたが、電話もＬＩＭＥも繋《つな》がらない。

そういえばここに来る途中、タクシーから降りた直後くらいに担当編集のカナリアから電話を受けていた。何やら揉《も》めてた様子だったし、あのとき、もしかしたら電源を切ったのかもしれないな。

「連絡もつかん。ホラー好きの暴走なら外に出りゃあ元に戻りそうなもんだが」

「さてはセンパイ、変なことしたんじゃ」

「ね、ねーよ。俺を何だと思ってるんだ」

「ふーん、怪しいなぁ。潔白のわりには目が泳いでません？」

「ないっての」

「私の目を見て言ってください。じーっ」

「ウウッ」

至近距離、顎《あご》下からすくい上げるようなアッパーカット……を彷彿《ほうふつ》とさせるような上目遣い。

俺の目が彩羽の大きな瞳《ひとみ》を認識した瞬間、ばっと顔を横に向けてしまう。

「ほらー！　目を逸らした！　絶対やましいことしてる！」

「してねえっての！」

「じゃあどうして目を逸らすんですか？　その目は磁石なんですか？　N極とN極なんですか？」

「……あるんだよ。男には、目を合わせられない時が」

「ほほーん。つまりセンパイは目を合わせられると困る、と？」

きゅぴーん☆　と目に星を躍らせて、彩羽は腰を深く落とした。カバディのポーズ。

「右！」

「（さっ）」

「左！」

「（さっ）」

「右右左右ＡＢＡＢ！」

「（さっ！　さっ！　さっ！　さっ！）」

「せいっ、ていっ、やあっ」

「ああもう俺の視界に回り込んでくるなーっ！」

超高速反復横跳びでまとわりつく彩羽にたまらず絶叫。

怒られた彩羽はしょげるどころか任務達成とばかりに大きくガッツポーズ。

「よし怒った！」

「よしじゃないが⁉」

「うぷぷ。やっぱり楽しいなぁ、センパイいじり☆」

「勘弁してくれ……」

いろいろな意味で。いまはマジで心臓に悪いから。

ひとしきり俺をいじって満足したのか、彩羽はさてと気を取り直して俺からすこし身を離した。

ベンチに腰かけてぐったりしている女子大生（ホラーの被害者）にとことこと近づいていき、スマホの画面を見せている。

ひと言、ふた言、会話をしてから、また別の客のところへ。何組かの客に声をかけた後、彩羽はこっちに戻ってきた。

「何してたんだ？」

「聞き込みですよ、聞き込み。真白先輩の目撃情報を集めてたんです」

彩羽のスマホ画面には真白の写真。

なるほど、その手があったか。

幼なじみで諸事情で距離が近い俺が言うのもアレだが、真白は超絶美少女だ。本人は根暗だのひきこもりだの自虐するが、裏を返せば儚《はかな》い薄幸の美少女ともいえるわけで。見かけたら記憶に残るタイプではあるだろう。

「成果は？」

「ＢＩＮＧＯです！」

「おおっ」

「ビンゴってカタカナで書くよりアルファベットでＢＩＮＧＯってしたほうがカッコいいですよね」

「その感性はクソどうでもいい。真白は？」

「もう、せっかちさんだなぁ。えーっとですね、あっちのほうに行ったらしいです！」

指さした先は隣の区画。

ジェットコースター系のアトラクションがある方向だった。

ひとりで楽しむ気満々だから俺を置き去りにした……んだとしたら、いいんだけどな。

もしも寂《さび》しい気持ちで単独行動してるんなら、それはちょっと可哀想《かわいそう》だ。

真白の本心を確かめる術《すべ》がない以上、俺の取るべき行動は――……。

「追いかけましょう、センパイ！」

「ああ。……でも待て。お前はお遣いの途中だろ」

「水ぐらい途中でサクッと買えばいいですから。人探しは人海戦術が基本ですよ！」

「たった二人で人海戦術もないだろ」

「細かいことはいいんですよっ。ほらほら、行きますよーっ！」

俺の腕を引いて進みだす彩羽。

こうしてふたりで真白を探すシチュエーション、どこかであったなとふと思い出す。

真白が転校してきて間もない頃、ショッピングセンターでのことだ。いや、それだけじゃない。夏祭りの日もそうだったたか。

何故だか知らないが真白はよく行方《ゆくえ》不明になるし、彩羽と一緒に探すことになる展開が多いな。

ただ今日は、いままでとは明確に違うことがある。

隣にいる彩羽の陽気な横顔が、やけに輝いていて。眩《まぶ》しくて、目を逸らしてしまう。

――ああ、駄目だ。こいつの顔、ぜんぜん見れねえ。

＊

『あああああああ彩羽ちゃんのターンも、真白ちゃんのターンも可愛すぎるううううううう！　どっちかひとりなんて選べないいいいいいいいい！』

『同感ですけど落ち着いてください、紫式部先生』

『すぅーはー、すぅーはー……よし、落ち着いたわ。落ち着いたら、気づいたことがあったのを思い出したんだけど、話していい？』

『？　べつにいいですけど』

『二階の階段前にいた亡霊と四階の真ん中へんにいた亡霊、性別が同じでペアルックだったんだけどもしかして生前はカップルだったのかしら⁉　くはーっ、こんなところに妄想の材料を仕込んでくるなんて、やるわね、ゴーストマンション！』

『紫式部先生は幸せな生き物だなぁ』

interlude

Tomodachi no imouto ga ore nidake uzai

幕間●●●● 翠は見た2

「ごくっ、ごくっ、ごくっ……ぷはァ！」

脳細胞をバチバチと刺激する炭酸とともに派手に息を吐き出すと、言い知れぬ多幸感が全身に広がった。

夢の国ならでは、ファンタジー居酒屋風のお洒落《しゃれ》カフェ。

私は空になったグラスを器物損壊に配慮しながらもガツンと最大限重い音を立ててテーブルに叩《たた》きつけて、腹の底から高らかに。

「——もう一杯！」

「み、翠《みどり》部長。それぐらいにしとこうよ」

店員を呼ぶために上げた右手を、山田《やまだ》さんが両手で押さえ込む。山田さんは本当に優しくていい子だ。その強張《こわば》った表情と潤んだ目を見れば、彼女が心の底から私を心配して言ってくれてるんだとわかる。

……が、駄目！　私はそれを振り払って手を上げ、店員を呼んだ。

「ごめん、もうすこしだけ飲ませて。炭酸の刺激で、全部全部、忘れてしまいたいの」

「ヤケ酒は体に毒だよ？」

「お酒じゃなくてクリームソーダ！　糖分は頭の働きを活性化《かっせい》してくれるの！」

「適度な糖分ならそうだけど、飲み過《す》ぎたらふつうに脳にも悪いし、デブまっしぐらだし」

「大丈夫だよ、これで最後にするから」

「それさっきも聞いたよ……」

「10分ぶり4回目。酒豪爆誕」

「こんな姿、初めて見るのになんでだろう。この光景が、すごく板についてるような」

生温かい眼差《まなざ》しが注《そそ》がれる。

いまはみんなのそんな反応が、いっそ清々《すがすが》しかった。雑に弾《はじ》ける炭酸の刺激と、みんなの雑にあしらうような態度が荒《すさ》んだ心を癒やしてくれる。

――さすがにこれで最後にしよう。

みんなに甘えて長いことヤケ飲みをしていたが、せっかく天地堂《てんちどう》エターナルランドに来たんだからいろいろなアトラクションに乗らなきゃもったいない。

部長の私が切り出さないと、山田さんたちも次へ行きたいって言い出しにくいだろうし。

「ごめんね、付き合わせちゃって。私ってば、部長なのに勝手ばっかり」

「それはいいけど……」

「良くないよ。みんなが許してくれるのを良いことに、わがまま放題。楽しくないよね」

「ううん、楽しくはあるよ？」

「えっ」

素朴に言う山田さんに、私は目が点になった。

他のみんなも、うんうん、とうなずいている。気を遣っている……のではなく、本心からの同意のように見えた。

「いつも真面目《まじめ》で頼り甲斐《がい》のある翠部長の泥酔姿（仮）、超レアだし」

「見てるだけでニヤニヤできるよねー」

「もしかしてみんな、人のことマスコット扱いしてる？」

「「「してる！」」」

即答だった。なんてことだ、部長としての威厳はどこへ消えた？

新しいクリームソーダが届いた。

それを見て、山田さんが苦笑しながら言う。

「迷惑はしてないけど心配してるのは本当だよ。これで本当に最後にしようね」

「うん……。わかった」

言い聞かせる山田さんの優しい声音《こわね》に、じぃん、と胸が震えて涙腺《るいせん》が緩《ゆる》む。

こんな良い友達にこれ以上迷惑をかけるのは、いくら『ワル』を覚悟完了した私と言えども憚《はばか》られた。

「最後の一杯、大事に飲むねッ」

「「イーッキ！　イーッキ！」」

演劇部員のうちテンション高めのふたりが手拍子とともに煽《あお》ってくる。

仲間の声に背中に押される感覚――青春感覚が、胸に沁《し》みる。

恋愛は孤独だった。でも、青春は快楽だ。

どうして恋愛なんていうくだらないものにうつつを抜かし、心を乱していたのか。大星《おおぼし》くんのことなんか忘れて仲間と一緒に盛り上がればこんなにも幸せなのに。囃《はや》し立てる黄色い声と、冷たい炭酸の喉《のど》ごしが脳のイケナイ神経を揉《も》みほぐし幸福感を司《つかさど》るホルモンやらが無限に分泌される感覚こそが至高！　これに勝る幸せなんて、この世にあるわけない！

「ぷはァ！」

万感の想《おも》いを込めて、クリームソーダを飲み干して。

「――行こう！　いつまでもくよくよしてたらもったいないよ。私たちのエターナルランドを、全力で楽しも……っ……ぅっ……!?」

空のグラスを置いて立ち上がった瞬間、ポジティブに振り切れたはずの私の台詞《せりふ》がぶっつり途切れた。

何故《なぜ》だろう。意識して彼の姿を探そうとしたわけでもないのに。

殺伐《さつばつ》とした軍事国家が発明する完全追尾型ミサイルの如《ごと》き性能で半自動的にその光景を見

つけてしまう機能が、私の目には備わっているとでもいうのか。

私たちのいる店の窓の外。

数多《あまた》いる観光客が行き交う星雲状態の人混みの中、そのふたりの姿だけが、カメラのレンズを通しているわけでもないのにフォーカスされたように浮かび上がって見えた。

「大星君と……月ノ森《つきのもり》さ……えっ、や、違う」

さっき見たデート風景が脳のメモリに残ってたせいで幻視してしまったが、彼の隣にいたのは月ノ森真白《ましろ》ではなかった。

派手で明るい、山吹色の髪。制服ではなく私服姿。話ながらもいちいち細かく動く体。

そのすべてが月ノ森さんとは別人であることを示している。

「彩羽《いろは》ちゃん……？」

部員のみんなに聴こえない程度の小さな声で、ぽそりと言った。立ち上がったまま硬直した私を、みんなは不思議そうな目で見ながら、チュー、と各々《おのおの》自分の飲み物をストローで飲んでいた。めっちゃ他人事。また何か変なことになってるなー程度の日常感を醸《かも》し出《だ》されるのは、ちょっと解《げ》せない。

……と、それはともかく、だ。

小日向《こひなた》彩羽。

大星君の後輩で、同じマンションの隣の家に住んでいる後輩女子。大星君にとっては親友の小日向君の妹でもあるので、ふたりの関係性をひと言で表せば「友達の妹」といったところか。演技指導をしてくれた、演劇部の大恩人でもある。

そんな彼女がどうして大星君と一緒にエターナルランドにいるんだろう。……や、そもそも今日は平日。彼女は一年生。修学旅行中の二年生ならいざ知らず、一年生の彩羽ちゃんが京都《きょうと》にいること自体が異常事態だ。

彩羽ちゃんがどこかを指さすと、大星君の腕に腕を絡《から》め、グイグイ引っ張っていく。

指さす先は——ＳＦ世界観のゲームを原作としたジェットコースター。

完全にデートムーブだ。

私の脳は混乱した。

大星君、さっきまで月ノ森さんとデートしてたよね？　あきらかに本命は月ノ森さんでしかあり得ないって反応してたよね？

なんで別の子と一緒なの？

しかも、なんだろう、あの大星君の反応。特に、視線の動き。

常に目が泳いでいる。

学校でも最強クラスの美少女、抜群のプロポーションに、無防備極《きわ》まる密着ぶり。あれほど魅力的な子がすぐそこにいるのに大星君の視線は微妙に角度がずれていて、彩羽ちゃんを視界から外そうと苦心してるように見える。

意識してるからこその、反応だ。

大星君がどうして目を逸《そ》らさずにはいられないのか、彼の本心を覗《のぞ》くことなど私にはできるわけもない。

でもいまこの瞬間、大星君のすべての感情は彩羽ちゃんが独占している――それだけは確かだった。

大星君の好きな人は、小日向彩羽――。きっと、これが正解だ。どんな問題も解き明かせる、１００点しか取れない私がそう結論づけたんだから、間違いない。

…………。

…………。

え、いや、どっち？

月ノ森さんと、彩羽ちゃん。どっちに対しての反応も滅茶苦茶《めちゃくちゃ》本命っぽいんだけど⁉

なんで私の告白を断った翌日に、こんな本命が曖昧《あいまい》な状態を作り出してるんだあの男は。ていうか、なんであのふたりは本命の可能性がふんわり残されてる雰囲気なのに、私だけが確定でフラれたわけ⁉

１００点を取り続けてきた私の脳味噌《のうみそ》が解明不可能な謎《なぞ》に直面して急激に熱を帯び、黒い煙がぷすぷす上がる。

急激なストレスを感知して前頭葉が緊急命令。

至急、心労を滅せよ。

溜《た》まったモノを発散せよ。

「やってられるかあああああ！　もう一杯!!」

「またぁ!?　完全に終わる流れだったのに!?」

Tomodachi no imouto ga
ore nidake uzai

友達の妹が
俺にだけ
ウザい

005
Tomodachi no imouto ga ore nidake uzai

第5話 友達の妹が俺とだけデート

鋼鉄を激しく摩擦する音と線路の軋《きし》みと乗客の楽しげな悲鳴が混ぜこぜになった空間。

いくつかのジェットコースターが隣接してる区域は、ゴーストマンションとはまた違った、ポジティブなスリルに沸く人々でごった返していた。

このあたりの風景から察するに、モチーフとなった原作は、『めっちゃアンドロイド』――ゲーム黎明期《れいめいき》にシリーズ第一弾が発売された、遠い未来の宇宙を舞台としたSF世界観が独特な作品だろう。

国内のみならず海外、特に北米で根強い人気を誇る『めっちゃアンドロイド』は、天地堂《てんちどう》の海外評価を確固たるものとしている作品群のひとつである。

……なんて蘊蓄《うんちく》は、さておき。

宇宙を股にかけた冒険よりも深刻な問題に俺《おれ》はたったいま、直面しているわけで。

「センパイ、急ぎますよ！　ほら、ほらほら！」

具体的には、こう、右腕に柔らかな宇宙がムニムニしていて。

つーか彩羽《いろは》、距離が近い。マジでやめろ、頼む。

そう心の中でいくら紳士を気取ろうとも口に出して強く拒絶できないあたり、悲しき生き物だと自分でも思う。せめてもの抵抗で、死んでも彩羽の無防備な姿を見るもんかと目を逸《そ》らし続けるのみだ。

「見てください、センパイ！」

「いや、見ない。俺は見ないんだ」

「何言ってるんですか、ふざけてる場合じゃないですよっ」

「ふざけてるもんか、むしろ大真面目《まじめ》だ。何と言われようとも絶対に見ないからな！」

「はあ？　寝ぼけたこと言ってないで、いいから見てください。真白《ましろ》先輩を見つけたんですってば！」

「なんでそこで真白の名前が出る⁉」

「真白先輩以外の誰《だれ》の名前を出すんですか⁉　私たちが何してたのか忘れてないですよね⁉」

「……ハッ」

彩羽の痛烈なツッコミに我に返る。

そうだった、俺たちはいま、真白を探していたんだ。宇宙に取り込まれてどうする、俺。

「そんなことよりほらあそこ！　入っていきますよ！」

彩羽の指さした先、宇宙船の搭乗口のようなところに真白が入っていくのが見えた。

長蛇の待機列の脇《わき》を悠々《ゆうゆう》と。

「えっ、どうして並ばないで入れてるんですか」

「ＬＶＩＰの力だ」

「ＬＶＩＰ？　何ですか、その強そうな称号」

「正式名称『レジェンドＶＩＰパス』。特別に認めた者にだけ渡されるパスであり、すべてのアトラクションで待ち時間ゼロ、ＬＶＩＰ専用口からの搭乗が認められ、特別な歓待を受けられるらしい」

「説明口調あざっす。まるで最近詳しい人から聞かされたみたいな詳細っぷりですね」

正解。実際、事情通のオタクさんの受け売りだ。

「とにかく了解しました。でも困りましたね、真白先輩を追いかけようにもこの待機列に並んでたら見失っちゃいます。出てくるのを待ち構えてもいいですけど、一気に人が出てくるときにまぎれてたら見落としちゃうかも……」

「それなら大丈夫だ。忘れてもらっちゃ困るが、俺もＬＶＩＰだ」

「な、なんだってー⁉　……てかどうしてセンパイと真白先輩、そんなの持ってるんですか」

「ああ、説明してなかったよな。実は俺ら乙羽《おとは》さんから——」

『待機列の皆様、お待たせしました。２２０番の札をお持ちの方までご入場ください』

説明しようとする俺の声を遮《さえぎ》るように、拡声器を持った係員の声が響き渡った。

彩羽が慌てたように俺の腕を引っ張る。

「始まっちゃいますよ！　細かい話は後でいいんで、とにかくLVIPのゴリ押しで入っちゃいましょう！」

「あ、ああ、そうだな。同じLVIP席ならきっと真白の隣とかだろうし」

そこで合流を果たせば目的達成だ！


と、そう思っていた時代が俺にもありました。

「なんであんなに離れてるんだよ⁉」

「大声出せば気づいてもらえるかもですけど、普通に迷惑ですよねー」

LVIP専用の入場口から入り、案内された車両は7両編成の最後尾。4人乗れる車両なのに俺と彩羽以外に誰も乗せられておらず、LVIPへの好待遇を実感せずにはいられない。

が、隣に他人を置かず、の気遣いは真白に対してもされていて。

「大変申し訳ありません。最も見晴らしの良い最前列がすでに先ほどのLVIP様で埋まっており……別の車両でもよろしいでしょうか？」

「あ、いえ、一緒で大丈夫ですよ」

「そんなわけには！　ＬＶＩＰ様には広々とした快適な環境で楽しんでいただかなくては！もし最前列の景色をご所望《しょもう》でしたら二周目は優先いたしますので、今回だけはご勘弁いただけないでしょうか」

「いやでも一度にＬＶＩＰ２組っていうのは、さすがに座席を圧迫しすぎっていうか」

「嗚呼《ああ》、なんというお心遣い！」

「えっ」

「早く乗りたい他のお客様を慮《おもんぱか》って、車両を独占しない提案をされるとは。しかし、そのような気遣いは無用でございます。ＬＶＩＰ様に気遣われてしまったら、我々が社長に怒られてしまいます」


——そんな流れで、俺と彩羽は最前列の真白と分断されてしまったわけだ。

ゴリ押されるよりもゴリ押したいタイプと自覚していたんだが、俺って人間は案外ゴリ押されるのに弱いのかもしれないな。

「しかし、真白の姿が見えてるのに接触できないのはもどかしいな。前の席の人にお願いして伝言ゲームで俺らの存在を報《しら》せるか」

「めっちゃ迷惑じゃないですか。実行したら不審者ですよ、私たち」

「そこはお前のウザスキルでひとつ」

「いやいやありえませんって。私はセンパイ特化型なんで。他の人に対しては品行方正、清く正しい優等生ちゃんですから」

「くっ、自分のスタンスに忠実な奴め」

「ふんふふふーん♪」

彩羽め、どことなくご機嫌な様子なのは気のせいか？

真白との合流が先延ばしになったが、それはそれとしてアトラクションは楽しもうって腹か。

「それでは安全バーを下ろします」

係員の案内で頭上から鋼鉄の棒が下りてきて、ガコン、と何かが塡《は》まる音が鳴る。

お腹《なか》の前でがっちり固定される感覚に八割の安心を覚えた。……二割くらい、こんな棒だけで本当に吹っ飛ばされずに済むのかと疑う自分もいるが、考え出したら怖すぎて降りたくなるので必死で脳から追い出す。

大丈夫、毎年何百、何千と稼働して事故は起きてない。起きてないんだ。

「センパイ、知ってますか？」

「何がだ」

「さっき看板が出てたんですけど、ここのキャッチコピーは『宇宙を感じろ！』らしいです」

「大げさだな。まあ、キャッチなんてそんなもんだが」

「スペースシャトルが大気圏を突破する疑似体験ができるのがウリらしいです」

「誇大広告にも程があるだろ。第一宇宙速度に匹敵《ひってき》するとか、そんなん無理に決まってる」

「（ニヤニヤ）」

「無理……だよな……？」

「さあ？　ただ、それくらい速さには定評があるってことですね☆」

きゃるん、とウザ仕様の語尾で言う彩羽。

楽しそうにしやがって。

「ずいぶん余裕だな。お前も他人事じゃないはずだが」

「ふっふっふ。さてはセンパイ、私を怖がり仲間だと思って侮《あなど》ってますね？」

「思っても何も事実だろ」

「フ。甘いですねー」

チチチと指を振って、得意げに笑う。

ほぼ同時、尻《しり》の下がガタンと振動し、ゆっくりと車両が動き始めた。

「私がビビる相手はオバケだけ！　高いところも絶叫マシンも、怖いどころか大☆好☆物なんだな～これが！」

「何……？　なぜ大好物と言い切れる。遊園地経験なんてそこまでないはずだろ」

「そりゃもう遊園地といえばリア充《じゅう》、陽《よう》キャの通過儀礼ですよ。世間の友達が多い子はランドに行きまくりの経験しまくりですから。友達が少ないセンパイみたいな人は滅多《めった》に来れないと思いますけどぉ。ぷぷぷ」

「行きまくってるのか……俺以外の奴と……」

そりゃそうだよな。学校の人気者の名声を欲しいままにする美少女だもんな。

誘う声は数知れず。

遊園地のひとつやふたつ、行き放題だよな。

「**まあ、ママとなんですけど**」

「**んなことだろうと思ったよ**」

ネタバラしに「知ってた」アピール。

ああそうとも、知ってたんだ。絶妙に悔しい想《おも》いをしてたりしてないんだ。うん。

「てか乙羽《おとは》さん、遊園地には連れてってくれるんだな。てっきり、娯楽と名のつくものは全部禁じてるんだと思ってた」

「テレビやスマホにかかわる部分以外なら意外と緩《ゆる》かったですよ。……とはいえ小学校高学年とか中学とか、思春期真っ盛りに『親と行く遊園地』以外の娯楽が許されないっていうのは、ちょっと……かなりアレですけど」

「ある意味、究極の子ども扱いだもんな」

「あー、あー、聞こえなーい。考えたくなーい」

いつまでも甘やかされることにトラウマを抱えてる彩羽だが、まさか遊園地経験の豊富さとも表裏一体だとは。

どんな伏線がどこで回収されるかわかったもんじゃないな、これ。

——おっと、そうだ。

乙羽さんの名前が出て、俺は思い出した。

そういえばさっき彩羽に説明しそこねた、ＬＶＩＰパスを持ってる理由について。良い機会だから教えておこう。

もしかしたら乙羽さんがこの近くにいるかもしれないわけで。彩羽が学校を完全にサボってハリウッドの撮影クルーに合流してるなんて知られたら、おっとりニコニコした表情のまま、死ぬほど詰められそうだ。……この世のあらゆる圧の中で、一番怖いやつ。

「なあ、彩羽。さっきの話の続きだが——」

「あっ。そろそろですよ、センパイ」

情報を伝えようと口を開いた、次の瞬間だった。

さっきまで頭の中で考えていた、すべてのことが、瞬時に、綺麗《きれい》さっぱり、消え去った。

第一宇宙速度に匹敵する（体感）、超高速の急転直下によって。

「う、うおおおぼぼぼぼぼぼぼぼぼぼぼぼぼぼぼぼぼぼぼぼぼぼぼぼぼ」

緩《ゆる》やかに上っていたはずの車両はいつの間にやら頂点に至っていたようで、雑談していた俺の心の準備など待ってくれるわけもなく、無慈悲なまでの最高速で。

凄《すさ》まじいGに顔面が歪《ゆが》む。

落下の瞬間腰から下が抜けるような錯覚を覚えて、無駄な抵抗とわかりつつも下半身にグッと力を込めて踏ん張ってしまう。

音が、置き去りにされる。

きゃあああ、とかいう前の席に座る女性客たちの楽しげな悲鳴も、水を通した音のようにどこか遠く聞こえてくる。

「きゃー！　きゃー！　きゃあああああ！」

……隣の彩羽の悲鳴だけは、鮮明に、ゼロ距離で聞こえるけど。

てかなんだよ彩羽の奴。絶叫マシンぐらい余裕ですって顔してたくせに、悲鳴上げまくってるじゃないか。

「きゃー！　めっちゃ楽しいんですけどひゃっふーぅ！　センパイも楽しんでますかぁー？あっ、もしかしてビビってるんですか？　ぷぷぷーっ☆」

前言撤回。ぜんぜん余裕だわ、コイツ。

てか超高速で振り回されながらよくもまあ人を煽《あお》れるもんだな。

第一宇宙速度の中でもウザ絡《がら》めるとは、宇宙飛行士の資格試験に通るレベルの才能だ。

「こんなッ……！　状況でッ……！　楽しめるッ……！　かぁッ……！」

空気に顔を殴られながらも、気合いと根性を振り絞り、彩羽の売り言葉に買い言葉で返す。

「安心してください、センパイ！　ここから先は減速します。イージーモードです！」

「なにっ、ホントかっ⁉」

「はいっ、あのぐねぐねぐね～って曲がりくねってる場所がありますよね」

「ある！」

「常識的に考えてあんな急カーブをこの速さで曲がれるわけがありません！」

「確かに！」

「つまりあそこで減速は確定！　リラックスのチャンス到来！　ってやつですよ！」

「やったぜ！」

マシンは最高速度でコーナーに突入した。

「騙《だま》しやがったなあああ‼」

「あははは！　やーい、騙されたーっ☆」

右へ左へ振り回されながら絶叫する俺を見て爆笑する彩羽。

「めちゃ速《はや》でコーナーに突っ込むのがコースターの醍醐味《だいごみ》なのに減速するわけないじゃないですかーっ！　もー、ビビリまくっちゃって。センパイってば可愛《かわい》いなぁ☆」

「くそおおお言い返せねえええええ！」


と、そんなこんなで地獄のような時間はあっという間に過ぎ去って。

「センパーイ、生きてますかー?」

「あ、ああ……なんとか……あっ、でも待って……足が……」

コースを一周して車両がターミナルに戻ってきた頃には、俺は完全にグロッキー。

係員に促されて降車した後、足腰がガクガク震えてへたり込んでしまった俺を、中腰の彩羽がツンツンと指でつついて無事を確かめてくる。

生まれたての小鹿のような、という比喩があるけれど、まさか自分がリアルにコレになるとはなぁ……。

振り落とされまいと足に力を入れすぎたせいで、下半身に無駄な負荷をかけてしまったのかもしれない。

「し、死ぬかと思った……」

「わ、顔面蒼白《そうはく》。そこまでダメージ負ってると、さすがの私も追撃する気になりませんねー」

「ウゥ……」

「おーよしよし。深呼吸してくださーい」

うずくまった俺の背中を優しくさする彩羽。

ジェットコースターに乗ってる途中はあんなにウザ絡んできたくせに、俺の状態があまりに深刻だったからって軌道修正してくれるとは。致命的なところで引き際をわきまえてるあたり、どれだけウザくても彩羽は彩羽、根はイイ奴《やつ》なんだよな、ホントに。

「はあ、はあ……お、オーケー。そろそろ落ち着いてきた」

「やー、まさかセンパイがここまでクソ雑魚《ざこ》だとは」

「回復の兆しが見えたからって、すかさずイジりモードに戻さなくても」

「効率厨のセンパイの後輩としては、無駄なくウザ絡みをしていきたい所存です！」

「無駄に後輩の鑑《かがみ》だな……」

「えっへん」

褒めてないんだが。いまツッコミを入れるのはカッコ悪すぎるので、偉そうにさせてやるとしよう。くそう。

「あっ、ていうかセンパイ。残念なお知らせがひとつ」

「なんだ?」

「真白先輩を見失いました」

「真白……?　…………」

一瞬、何を言われたかわからずフリーズしかけて。

「……あぁっ⁉」

「完全に忘れてたヤツですね」

「違う、悪いのは俺じゃなくて第一宇宙速度だ！」

「意味わかりませんて」

くそっ、俺は何のためにジェットコースターに乗ったんだよ！　真白と合流できなきゃただの苦行じゃねえか！

「こうしちゃいられん。真白を追うぞ、彩羽！」

「がってん！　……って、大丈夫ですか？」

「あんまり大丈夫じゃない」

俺の足はまだプルプルしていた。

＊

その後、真白の捜索は困難を極《きわ》めた。

……いや、嘘《うそ》。訂正。捜索自体は簡単というか、真白はどうやら手近なアトラクションから順番に攻略するつもりらしく、姿を見つけるまでは一瞬だった。

しかしＬＶＩＰパスの効力で待機列を無視して案内される真白に追いつくのがやたら難しく。

同じパスの力で入場すれば真白とは全然違う場所に通されて――。

学習した俺と彩羽がアトラクションに乗らずに出入り口で真白を待ち構えようとしていたら、係員に見つかって「ＬＶＩＰ様を外で棒立ちにさせておくわけには！」と半ばゴリ押しで入場させられて――。

そんな感じで彩羽とふたり、いろいろなアトラクションを一緒に回ることになってしまった。

半ばデート……と途中で意識しかけてしまったのは、自分の胸の内にしまっておく。

それはちょっと、なんていうか、真白に顔向けできない思考だから。

ただまあ巻き込まれながらの体験ではあったけれど、ひとつひとつのアトラクションはやっぱりクオリティが高くて、終始彩羽が楽しそうだったのは何よりだった。せっかく乗ったなら、楽しめるに越したことはないし。

彩羽が楽しそうにしてる姿は、見ているだけでも、いいな、と思えるもので。

そうして訪れた何個目かのアトラクションはモンスターを捕まえるタイプのＲＰＧを元ネタにしたウォーターバルーン。

「おりゃおりゃおりゃおりゃおりゃー っ！」

「おい待て彩羽、全力疾走すんな！　変な方向に転がるだろっ……うわっ⁉」

「きゃー、センパイが抱きついてきたーっ☆」

「違っ、これは不可抗力でだな！」

巨大なバルーンの中に入り、水の上で戯《たわむ》れるアトラクション。

ふたりでひとつのバルーンに入ると制御も難しく、体勢を崩して彩羽の体と絡みつく格好になってしまい——……。

なんやかんや密着したまま、停止したバルーンから転がり落ちるように出てきた俺と彩羽は。


「なんで彩羽ちゃんとふたりでいるの？」


念願の真白と合流した。

……いや、念願は念願なんだが、なんでよりによって、こんなタイミングなんだよ……。

＊

「……で、紆余曲折《うよきょくせつ》あって彩羽ちゃんはここにいる、と」

「うっす。その通りっす」

「さらに、紆余曲折あってアキは彩羽ちゃんと遭遇した、と」

「うっす。その通りっす」

「挙げ句、紆余曲折あってふたりっきりで遊園地デートを楽しんだ、と」

「うっす。……いや待て、楽しんではいないぞ。これでも何度も死線をくぐり抜けてきたんだ。遊びなんて言葉で片づけられちゃあ困る」

「は？　意味不明な口答えしないで」

「すみませんでした」

ウォーターバルーンの出口からすこし離れた、背もたれのないベンチの上。

腕組みしてご立腹の真白の前で俺と彩羽はふたり並んで正座をし、これまでの経緯を説明した。

とはいえ《5階同盟》の声優周りのことは言えないので、微妙にボカしながら説明することに。

ハリウッド映画に出演することになった海月《みづき》さんにアルバイトをお願いされてきた、と。

役者を目指してる事実がないと、なんでわざわざ彩羽に？　と疑問に思うところだが、そこは適当にゴリ押した。

「彩羽ちゃんが京都《きょうと》にいる理由はアクロバティックすぎてよくわかんないけど……」

「俺もそう思う」

「はいはーい！　私もそう思いまーす！」

「開き直んな」

元気よく手を上げて主張する彩羽を軽く小突く俺、という極めて日常的な光景を前に真白は、はあ、とため息を漏《も》らした。

「まあいいや。今回は、暴走した真白も悪いし。ホラーの仕掛けにワクワクしすぎて、周りが見えてなかった」

「いや、真白は悪くない。悪いのはビビり散らしてた俺だ」

「ほんとだよね。しねばいいのに」

「容赦ねえな……」

相変わらず骨身に染《し》みる毒舌っぷり。

でも実際、今回の俺は情けなすぎたので反論する気も起きない。

「……てか、ママも意味不明。撮影にお手伝いが欲しかったからって、ふつう、娘の友達に声かける？　しかも、学校もある平日に」

「それな」

「彩羽ちゃんも彩羽ちゃんだよ。京都に来たかっただけにしか思えない」

「うぐっ。否定できない……！」

言葉のトゲでチクチク刺してくる真白。今日は一段と鋭い。

真白は、ふんと不機嫌そうに鼻を鳴らして。

「……ま、今の真白に怒る権利はないけど」

「え？」

意味がわからず瞬きする彩羽に、真白は嫌々な様子ながら言う。

「別れたから。ニセの恋人関係、終了」

「えっ」

硬直する彩羽。

「別れたから」

繰り返す真白。

「えっ。えっ。えっ？」

まだ事態を飲み込めずに、目をパチパチさせる彩羽。

「別れたから」

「えっ……えぇーっ⁉　別れたんですかぁ――――ッ⁉」

三度目の正直で大リアクション。

溜《た》めに溜めた後だったのもあって、すごい音量だ。鼓膜なくなるかと思った。

「せ、センパイセンパイセンパイ！　真白先輩こう言ってますけどガチですか⁉」

「そういうことらしい。今朝《けさ》、フラれた」

物凄い勢いでこっちに質問が飛んできたので、簡潔にボールを打ち返した。

そりゃビックリするよな、突然すぎるし。

俺だって驚いたんだから、当然だ。

「アキのことは好きなままだけど。……どうせいつかホントの恋人になるし、ニセモノの関係はいらない」

「わかるような、わからないような。好きなら、フリでも彼女の位置にいたほうが有利な気がしますけど」

「肉を切らせて骨を断つ」

「なるほど……？」

あくまでも冷静に言う真白と、不思議そうに目を細める彩羽。

女子ふたりで盛り上がるのはいいが、あの、登場人物に俺が含まれる恋バナを目の前でやるのはやめてくれないか？

ふたりとも学校で人気の、魅力的な女子なわけで。

そんなふたりに恋愛話をされると、昨夜、自分の感情を自覚したばかりなのもあって、落ち着かない気分になってしまう。

「というわけだから、嫉妬《しっと》する資格はないけど。……でも彩羽ちゃん、いつまでもこんな場所で油を売っていいの？　ママに頼まれ事、してるんでしょ」

「え？　あっ、あーっ！　そうだったーっ！」

正座の状態から器用に飛び跳ねる彩羽。

そういえば俺もすっかり忘れてたけど、あくまでも彩羽は買い物に行く途中でたまたま巻き込まれただけだ。

彩羽は勢いよくベンチから飛び降りて、すたん、と着地。

「私、そろそろ行きますねっ」

「ん。それがいい。ママ、怒ると怖いから」

「真白に似てるな」

「は？」

「……な、なんでもねえよ」

いかん。余計な口を挟んで真白に睨《にら》まれてしまった。

「あはは♪　センパイってば怒られてやんのー。ざまぁ☆」

「なんでお前が調子に乗るんだ……って遠《とお》っ！　もうあんな場所にいやがる！」

蛇に睨まれた蛙《かえる》の俺を笑う声を咎《とが》めようと振り返ると、彩羽はもう数メートル先にいて、手を大きく振っていた。

「それじゃ、センパイ。真白先輩。修学旅行、引き続き楽しんでくださーい♪　ではでは！」

彩羽の姿が一気に遠ざかっていく。

見えなくなるまで顔をこっちに向けたまま手を振り続けてたが……危ないからさっさと前を向いてほしかった。

「ふーん。そこで笑顔で引けるんだ。後ろ髪引かれる感じを出さずにいられるのは、演技力のおかげ、なのかな」

「ん？　……何か言ったか、真白？」

「べつに。ほら、真白たちも行くよ。まだまだ回りたいところ、あるんだから」

「お、おう」

真白に手を引かれて、俺も歩き出した。

彩羽がハリウッドの撮影現場でどんな経験をするのかも興味が尽きないところだが、いまは修学旅行の真っ只中《ただなか》。俺にとってのメインイベントはこっちだ。

せっかく真白と過ごす時間、しっかり楽しまないとな。

＊

『アキと彩羽ちゃんのデートシーン尊すぎるんだけど！　ねっ、乙馬《おずま》君？』

『うんうん。やっぱりこのふたりの組み合わせは鉄板だよね』

『でもでも真白ちゃんの嫉妬してる姿も愛らしくて最高！　そうよね、乙馬君っ⁉』

『なんだかんだアキと月ノ森《つきのもり》さんの組み合わせも映えるんだよねぇ』

『アタシにはどっちが良いかなんて決められないわ……いっそのこと、マルチエンディングでどうかしら⁉』

『ゲームならそういうのもアリなんだけど。残念ながらこれはゲームじゃないんで』
『くうっ、悩ましいいいいい！』

interlude

Tomodachi no imouto ga ore nidake uzai

幕間・・・・茶々良と茶太郎

「こんちわーっす、友坂茶々良《ともさかささら》です。今日はＶｌｏｇ《ブイログ》を撮ってくぜぇ～。いぇい、いぇい！」

ピンスタで大人気のカリスマＪＫ、友坂茶々良の放課後はカメラの前で始まる。

と言っても場所は撮影スタジオなんかじゃない。掛け値なしの自宅だ。

撮影のために結構背伸びして内装を整えた。生活感を極力消して、お洒落《しゃれ》空間を創り上げたのだ！

前にちょっと炎上したのをきっかけに知名度がすこし上がって、高額のＰＲ案件が舞い込むようになったおかげだ。あのときはマジでへこんだけど、怪我《けが》の功名ってやつ？　逆境からの大逆転をしちゃうあたり、やっぱ私ってば「持ってる」わ～。

「アタシの放課後ルーティーンはまず着替え。堅苦しい制服はパーッと脱いで、部屋着に着替えてリラックス。お洒落女子でも部屋ではラフなんだよな～。幻滅しちった？　はァ？　イメージ通りって言ったやつ誰《だれ》だよ。うっせーし」

フォロワーの反応を予想して先回りしたツッコミを入れておく、茶々良テクニック。

生配信じゃなくて録画だけど、あたかもリアルタイムでフォロワーのコメントと会話してるかのような演出も大事だったりする。

最初はファッションリーダーとかカリスマ的な側面でファンを獲得してたんだけど、最近、数字の推移を見てると微妙に「抜け感」を出したほうがウケるってのがわかってきたんだよね。

尊敬する星野《ほしの》さんもカリスマの次は親近感が大事ってアドバイスをくれて。

言われた通りにしてみたら本当に反応良くて、やっぱプロってすげー！　って感動した。

まっ、ポンコツのフリをしてやるのも一流の務めってゆーか？　ふふん。

「…………」

一瞬、自分の思考に対してツッコミが入ったような幻聴が聞こえて、むすっと唇を曲げる。

『はいはい、フリね、フリ。そういうことにしといてあげるねー。はいはい』

そんなふうに適当に流しつつアタシを馬鹿《ばか》にする、彩羽《いろは》の声の幻聴。

ウザさの幻影にやられるって、どんだけアイツに脳をやられてんだアタシは。

彩羽は京都《きょうと》にいるはず。声なんて聞こえるわけないってのに。

……いけない、いけない。いまは楽しいＶｌｏｇの撮影だ。気を取り直して、元気で楽しそうな動画を撮らなくちゃ。

「家では大体スマホをいじってるかな。あっ、言うても遊んでるんじゃないかんね。ピンスタのトレンドをチェックしてんの！」

ソファでくつろぎながらスマホをいじる姿をカメラに映す。

ちなみに動画はもう一台持ってる別のスマホを三脚に設置してドアの前から室内を俯瞰《ふかん》するように撮影してる。まっ、いまどきスマホの二台持ちは必修科目っしょ。インフルエンサーなら特にね。

さっそくピンスタのアプリを立ち上げてフォローしてる人たちがどんな発信をしてるかを確認する。

「……おっ。ランドマニアさん更新してんじゃん」

全国各地の遊園地やテーマパークに足繁《あししげ》く通い、豆知識やレアな情報を写真付きで紹介してくれるアカウントだ。忙しくてあんまり遊びに行けないけど、この人の投稿を見てると、現場に行ったつもりで楽しめて良いんだよね。

性別や年齢は非公開だけどプロフィールの画像は長髪で綺麗《きれい》めのお姉さんだし、投稿の口調が女性なのでたぶん女性。いやホントこの人、油ぎったキモオタとかじゃなくてよかったわー。超長文のマニアな投稿がこの人のウリなんだけど、アジアンビューティーな人の書き込みならぜんぜん許せる。

最新の投稿は……天地堂《てんちどう》エターナルランド⁉　最近アツいトコじゃん！　映《ば》えるんだよなーあそこ！

『まさかあの伝説のＬＶＩＰ様を肉眼で拝める日が来るとはね……あたし女だけど、さすがに今回ばかりは嫌な汗をかいたわね』

ほうほう。よくわからないけど、何かすごい人が来てたわけね。

そう思いながら興味半分でランドマニアさんの貼《は》った画像を見てみると。

「ん？」

画像の中。「伝説のＬＶＩＰパスはこちら！」というテキストと、スマホでサッと編集したような赤い矢印が伸びている。

その矢印が指すのは、ひとりのよーく見慣れた制服姿の男子が首から提《さ》げたもの。

いや、何かもうこの際それはどうでもいい。

写真に映っていたのは、どう考えても。


「い、彩羽だーっ‼」


どう見ても昨日京都に送り出したはずの友達、小日向《こひなた》彩羽が映っている。

しかもＬＶＩＰパスを身に着けた大星《おおぼし》先輩と仲睦《なかむつ》まじげに遊園地デートしてやがる。

うわ、マジかあいつ。

大星先輩が恋しくて京都に行って、本当に標的を捕まえてる。ストーカースキル高すぎて、軽くドン引きなんだけど。

ってやば、思わず大声でツッコミ入れちゃった。カメラ回ってるのに。

まあいいや、編集の手間が増えちゃうけどすこしカットするだけで映像使えるし、Ｖｌｏｇ続行っと。カメラの位置を固定してるおかげで、編集点もそこまで不自然にならずに入れられるし、このまま――……。

「うるせーぞ、姉ちゃん！」

ばったーん！　がっしゃーん！

「あああああああああああああああああああああああああ!!」

勢いよくドアが開かれて、三脚ごと撮影用のスマホがぶっ飛ばされた。

室内に入ってきたのは高身長、肩幅広し。チャラい髪型とイカつい顔つきのギャングまがいの見た目をした――アタシの弟。いや、愚弟。友坂茶太郎《ちゃたろう》だ。

「てめえクソ馬鹿、何してくれちゃってんの⁉　カメラの角度も位置も滅茶苦茶《めちゃくちゃ》じゃん！」

「うるせー！　こっちは試験に備えて勉強してんのに、ひとりでブツブツブツブツ大声で喋《しゃべ》るわ、クソでけえ声でツッコミ入れるわ我慢の限界だっつーの！」

「くううう、アタシのＶｌｏｇがーっ！」

「何がＶｌｏｇだよ勉強しろオラァ！　ンなふうに調子こいて勉強サボってっから小日向先輩に勝てねえんだろ！」

「はーっ⁉　あの色ボケと比べてサボってる扱いとか心外すぎるんだけど⁉　アイツがいま何してるか知ってて言ってんのかァ⁉」

「知らねーよ、ボケ！　小日向先輩いま何してんだよ！」

「言わねーよ、ボケ！　友達を売れるわけねえだろぉ⁉」

彩羽はウザいが、それはそれ。大星先輩を好きな事実やそのために暴走してること、平日に学校サボってることとかまではさすがに言えない。そこはなんていうかアタシなりの仁義ってやつだ。

それはともかく、久々にぶちギレちったよ。このクソ弟、人のＶｌｏｇ撮影を邪魔しやがって。

アタシはぐわっと目を見開き、殺意充塡《じゅうてん》。親指でバシッと部屋の外を示して叫ぶ。

「表《リビング》出ろや！　将棋《しょうぎ》で決着つけんぞコラァ！」

「上等じゃねえか！　穴熊の暴力見せてやんよゴラァ！」

こうして本筋とはまったく無関係な姉弟の竜王戦《ケンカ》が始まったのだが、それはまた別の物語である……。

第6話・・・・俺の元カノ（偽）が俺にだけ告白

空が夕焼けに朱《あか》く染まり、天地堂《てんちどう》ゲームの伝統的な敵キャラのモニュメントの影が伸びる。

風は冷たさを増して、時の進みがほんのすこし遅く感じるようになり、子ども向けのＢＧＭも音量は変わっていないはずなのに妙な哀愁を漂わせていた。

隣を歩く真白《ましろ》の横顔を見る。

途中、売店で買ったクリームソーダの容器に刺したストローに口をつけ、ちゅーっと静かに吸っている。

夕陽《ゆうひ》の朱に、銀色の髪がよく映える。

あれからいくつものアトラクションに乗り、売店を巡り、天地堂のマスコットキャラクターたちと触れ合ったけれど。

記憶に残っているのは、真白の横顔ばっかりだ。

だから気づいてしまったんだが、真白の奴、なぜか常に真顔だった。

デートしてる女子、って雰囲気じゃない。どちらかというと、ルーペを覗《のぞ》き込む研究者みたいな。

あまり俺《おれ》との時間を楽しんでるようには見えなかった。もっとも、こんなことを考えるのも失礼な気がするけど。

「ね、アキ。最後はあそこにしない？」

あそこ。と、真白が指差した先。

敷地内で最も目立つ場所にでんと鎮座する、最も目立つ巨大な乗り物。

どの遊園地にも必ずひとつはあるであろう、王道中の王道。数多《あまた》のカップルを結びつけた、遊園地デート界の大物。

「観覧車？」

「そう、観覧車。最後にふさわしい場所」

「確かにな。……よし、乗ろう」

断る理由は何もなかった。

ＬＶＩＰパスのおかげで、俺と真白はすぐに案内された。

夕方と夜の境目、夜のパレードが近いこの時間は、良い場所を確保しに行く人とそれ以外の人とでガッツリ人出が割れるそうだ。

目の前に天地堂のキャラの顔がプリントされたゴンドラが到着し、俺と真白は、係員の助けを借りて乗り込んだ。

ゴンドラの中は夢の王国らしいビビッドな色使いで、文字通り夢心地な空間になっていた。

俺の対面、目の前の席に小柄な真白がちょこんと腰かけると、童話の世界のお姫様のように見えた。

本当に、真白はどこまでも可愛《かわい》くて、画《え》になる女の子だと思う。

ごとん、と、音が鳴る。

ゆっくりとゴンドラが動き出し、腰から下にふわりと浮遊感を覚える。

窓の外を見てみれば、1秒ごとにすこしずつ、地面が遠ざかっていくところだった。

「どうだった?」

不意に、真白が訊《き》いてきた。

声に振り返ると、真白も窓から下を眺めていた。

主語が足りないと気づいたのか、すぐに次の言葉を続ける。

「いろんな場所を巡ってみた感想」

「ああ……」

天地堂エターナルランド——ファンシーな夢の王国の全貌《ぜんぼう》を高所から見下ろすと、今日一日の記憶が蘇《よみがえ》る。

だけどどれだけ思い出しても、やっぱり記憶にあるのは真白の顔ばかり。——途中にあった、ゴーストマンションの強烈すぎる恐怖体験と、彩羽《いろは》との遭遇の記憶は例外として。

「すまん、正直気が散ってたっていうか、ぼんやりしてた」

素直に本当の理由を言うのはさすがに恥ずかしくて、とりあえずそんなふうにお茶を濁した。

「ええー……」

真白はあきれ半分のじと目で見てくる。

そして、仕方ないなぁ、とため息をつきながらスマホを取り出して。

「しっかりしろよ、プ、ロ、デ、ュ、ー、サ、ー」

肩書きで、俺を呼んだ。

──珍しいな。真白がそんなふうに俺を呼ぶのは。

もちろん俺が《5階同盟》を率いているのは真白もよく知ってる。月ノ森《つきのもり》社長との交換条件は《5階同盟》が前提の話なのだから当然だ。

それに以前の紫式部先生《むらさきしきぶせんせい》が倒れてしまった騒動のときも『黒き仔山羊《こやぎ》の鳴く夜に』のＤＬ数を上げるための企画を一緒に夜通し考えてくれた。

俺のことをプロデューサーとして認識してくれてるのは、あきらかなわけで。

そう考えたら、その呼称に違和感を覚えるほうがおかしいのかもしれないけれど。

「真白が真面目《まじめ》でよかったね」

「いったい何の話だ？　……あっ」

「見ていいよ。それ、真白だから」

会話の途中、ポケットの中で振動したスマホを気にしたことを目ざとく察して、真白は言う。

言われるがままにスマホを取り出し、画面を確認。

ＬＩＭＥの着信だった。

真白から、新着。

アプリを立ち上げて、真白から届いたメッセージを確認してみると、そこには――……。

「天地堂エターナルランドの感想？　いや、これは……」

画面一杯を埋め尽くす、文字、文字、文字。

メッセージ一回ぶんでは足りないと、何度かに分けて送信されてくる、文字、文字、文字。

絵文字や顔文字なんてない。スタンプなんて交えない。

とても女の子との直ＬＩＭＥとは思えない、徹底的なまでの文字、文字、文字で、真っ黒だ。

感想なんて呼べるレベルじゃない。

これは、そう、一番近い日本語で表すとしたら。

「……レポート？」

「ん。天地堂エターナルランドを巡ってて、気づいたこととか、視線誘導、モチベーションのコントロール、あのお化け屋敷でもマップ構成やゲームデザインで参考になりそうなところをメモっておいた。キャラクターの使い方や活《い》かし方についても、いろいろ。資料に撮った写真も送るね」

「あ、ああ……あり、がとう……？」

有能な秘書の如《ごと》く淡々と言いながら、スマホを操作する真白。

俺の手の中のスマホが振動する回数で、真白の仕事の成果を、文字通り、肌で感じる。

そして俺はハッとする。

今日の真白は、移動中、ずっと真面目な顔でスマホをいじっていた。

デートなのに楽しくなさそうな彼女を見て、やはりニセ恋人の関係を打ち切ったことと何か関係があるのだろうかと気を揉《も》んでいたんだが。

「真白、これって、もしかして……」

「コンシューマー版の『黒山羊《くろやぎ》』の資料。天地堂は家庭用ゲームの老舗《しにせ》でしょ。だからきっと、学ぶところが多い……はず」

「俺の、ために？」

「そ。……というか、だから天地堂エターナルランドに来たんだけど、何だと思ってたの？」

「えっ。あー。その。……デート？」

「は？」

なかなか冷たい「は？」をいただきました。本当にありがとうございます。

ひとまず、釈明する。

「いや、修学旅行では仕事を忘れて思い出を作ろうと思ってたからさ。それに、なんていうか、その……真白のことばっかり見てたから、完全に仕事脳がどこかへ行っちまってて」

「なっ。し、信じられないっ」

ぼっ、と顔を赤くして、真白はすこし腰を浮かせた。

「がんばって考えたのにっ。何がアキのためになるのか……《5階同盟》には何が一番いいのか。すごく、すごく、考えたのにっ」

勢い込んでそう言ってから、空気が抜けたみたいに真白はへなへなと座り込む。

頭を抱えて、ブツブツと独り言をこぼしていく。

「だから心ここに在らずって感じだったんだ……。もう、真白はこんなに真剣に『黒山羊』のこと考えてたのに。……っていうか、いつも仕事脳のくせに、なんで今日に限って真白のことを……もうっ」

「す、すまん。……俺のためにそこまで考えてくれたなんて。なんていうか、ありがとうな、真白」

スマホをポケットの中にしまって、俺は感謝を口にした。スマホを手にした状態のまま――いつでも視線と意識を真白から逸《そ》らせる状態のまま会話するのは失礼にあたると、そう思えるくらいに、本気の感謝だった。

それに真白の気持ちが素直にうれしかったんだ。

だけど真白はすこし複雑そうに目を逸らし、首を横に振る。

「……違う。アキのため、じゃない」

「え？」

「ゴーストマンションは、すごく学びが多かった。わざわざ文章で説明しなくても建物の外観や雰囲気だけで、怖くてヤバい異界に迷い込んだんだってユーザーは認識できる。ストーリーの導入は最低限、コミカルなキャラクターが簡単にルールを説明したら衝撃的な演出で退場し、入り口が塞《ふさ》がれる。ごく自然に進むべき道に視線を誘導させられて、要所要所に効果的に配置された亡霊と、さりげなく置かれた小道具から住民のさりげない物語を感じさせ、考察厨の心をもくすぐってくる。……シナリオとゲームデザインが理想的に組み合わされた、理想的な構成。無限に並行世界と繋《つな》がる館、っていう閉鎖空間を舞台としながら拡張性もある特徴を持ってる『黒山羊』の世界観ならうまく取り入れられるはず」

「ずいぶん本格的にゲームのこと考えてくれてるんだな。『黒山羊』のことも詳しいし」

言葉の滑《なめ》らかさは熟慮の証明。

頭の中で常日頃《ひごろ》から物を考えていないと、こうはスムーズに語れないだろう。

でも、どうして真白がここまで？　と疑問が浮かぶ。……作家志望だからか？

「シナリオ担当が文章だけ書いてたら神ゲーなんて作れないから」

「シナリオ……真白も手伝ってくれるのか⁉」

「やだ」

「ですよねー」

きっぱり断られた。

仕方ない。学校に通いながら自分の応募原稿もあるのに、ゲームのシナリオなんて重いものを担当する余裕はないだろう。

むしろ人気作家である巻貝《まきがい》なまこ先生が何故《なぜ》か協力してくれてる現状のほうが異常なんだ。

「そうじゃなくて。――もうやってる」

「やってるって、何を?」

「シナリオ」

「え。いや、だって、それって」

真白の言葉の意味を考えて、脳味噌《のうみそ》を回転させる。

頭に浮かぶのは、いくつかの可能性。

巻貝なまこ先生は担当編集のカナリアが面倒を見てる作家志望の真白をアシスタントとして紹介してもらい『黒山羊』のシナリオを手伝わせていた、とか。

担当編集が同じだし、真白が俺と縁の深い人間だと知った後なら、自然な流れに感じる。

と、そんなふうに考えを巡らせながらも答えを出せずに硬直していると、真白は焦《じ》れたように口を開いた。

真剣な眼差《まなざ》しで。

何故だか額に大粒の汗を浮かべ。

まるでサスペンスドラマの終盤、崖際ですべての事件の黒幕であると打ち明ける犯人の如く覚悟の決まった表情で。

「巻貝なまこ。これ、真白のペンネームだから」

そんなことを言いやがった。

巻貝なまこ。

この世に二つとない、大作家のペンネーム。

UZA《ユージーエー》文庫の新人賞で大賞を受賞し、デビューした年こそごく最近だが、それでもすでに大勢の読者に愛されてファンを抱える現代最後の天才と目されているライトノベル作家の名だ。

それこそが自分の名だと豪語した真白に、俺は――……。

「あっはっは！　神妙な顔でなにを言い出すかと思ったら。そんなわけないだろ～」

ははは と笑い、井戸端会議の奥様のように手を振った。

「……え」

真白の顔がカチリと凍る。

「さすがにそんなドッキリには騙《だま》されないぞ。だって巻貝なまこ先生といえば、大学生なわけで」

「それはっ……そう自称してただけ。本当は違うの」

「カナリアさんも巻貝先生と真白が同一人物だなんて言ってなかったし」

「黙っててもらうようにお願いしたの。バレたくなかったから」

「そもそも性別が違う。中性的な好青年だぞ」

「顔は見たことないでしょ」

「声は聞いた！　どこからどう聞いてもイケボのお兄さんだった！」

「ああもう、しつこいなぁ……証拠なんていくらでも出せるのっ」

「ちょ、真白⁉」

ヤケクソじみた勢いで席を離れ、真白は這《は》い寄るようにして俺の足の間に入り込んできた。

「位置！　頭の位置！」

「いいから動かないで。べつに変なことしないから」

「する奴《やつ》の台詞《せりふ》じゃないか！　落ち着け真白！　こういうことは俺たちにはまだ早い！　あっ、やめろ。あーっ！」

下半身にかじりつくような体勢があまりにセンシティブすぎて、俺は身じろぎして逃げようとした。

が、狭いゴンドラの中。逃げ場もなければ派手に暴《あば》れるわけにもいかず。半ば山賊に襲われる村娘の気分を味わいながら、されるがままになる。

どうしちまったんだ、真白。こんな野生的な襲い方、あるか⁉　まさか野生系女子・高宮《たかみや》の影響を受けてこんなことに⁉

などと混乱で頭が妙な思考を働かせているうちに、ズボンの中身が抜かれた。——正確には、ズボンの、ポケットの中身を。

「借りるよ」

「借りるって……えっ。貞操《ていそう》を？」

「スマホを。……ていうか、どさくさまぎれになに言ってるの？　最低」

冷たい目でしらーっと見てくる真白。

その手には、さっき会話に集中するためにしまったはずの、俺のスマホ。

どうやら俺の早とちりだったらしい。

「ほら、ＬＩＭＥの通話機能。これから巻貝なまこから電話がくるから、話してみて」

「お、おう。……って、ホントだ！」

真白からスマホを受け取った直後。真白が自分のスマホを軽く操作すると同時に、俺の手の中が振動する。

通話。相手は、巻貝なまこ。

変な汗が出てきた。

震える指で受話器のアイコンをタップする。

そして、おそるおそる、壊れ物を扱うように、ゆっくりとスマホを耳に近づけて。

「信じられないのも仕方ないけど、受け入れろよ。俺が巻貝なまこなんだよ、ばーか」

『信じられないのも仕方ないけど、受け入れろよ。俺が巻貝なまこなんだよ、ばーか』


現実の真白の声が正面から聞こえて、すこし遅れてスマホから青年のイケボが聞こえてくる。

間違いない。いままで何度も聞いてきた、巻貝なまこ先生の声。

「ボイスチェンジャー。最近のアプリ、すごく性能が良いから。自分の声が自然になる音域を探すのは、大変だったけど……」

確かに、最近は中身が男性でイラストが女性のＶｔｕｂｅｒ──いわゆるバ美肉おじさんなる存在もいる時代。

逆に機械を通してなら、女性が男性の声を出すことも、難しくないわけで。

どうしていままでその発想に至らなかったんだろう。

いや、発想に至るほうがおかしいだろ、どう考えても。

だって、書店でたまたま見つけた話題作を読んでみたら、たまたま琴線《きんせん》に触れて、たまたまファンレターに勧誘文章を混ぜたら、たまたま連絡を取ってきてくれたっていう何重にも偶然を重ねた結果が、俺と巻貝なまこ先生の出会いだったんだ。それなのに、その正体が小さい

貝なまこ
00:15

頃によく一緒に遊んでた従姉妹《いとこ》だったたって?

なんだその宝くじに二年連続で当たった後に引いた十連ガチャでSSRが八体出たみたいな。

どう考えても確率操作されてるか、それでなきゃ交通事故で死ぬやつだろ。

——と、思うのに。

否定しきれない自分が、いる。

思い返してみれば、納得しかない出来事は多々あるんだ。

真白と巻貝なまこ先生が飲み会に同時に存在してたことが一度もない。

正確には、以前なら音声だけで同席してくれてたのに、真白が飲み会に加わるようになってから、巻貝なまこ先生は何故かテキストチャットでのみ会話をするようになった。

カナリアが真白を缶詰旅館に閉じ込めていたのも、考えてみたら不自然だ。新人賞に向けて育てているというのはあり得る話かもしれないが、アマチュアの原稿で〆切を厳守させる意味なんてないはずだ。だがそれも、真白が巻貝なまこ先生なのだとしたら、辻褄《つじつま》が合う。

——それだけじゃない。

そうだよ。巻貝なまこ先生と初めてコンタクトを取ったとき。

あの日から、答えは出てたようなもんじゃないか。

＊

一年前……いや、もう一年半以上前になる、あの日。

ＰＣのメーラーを立ち上げ、受信箱に届いていた一通のメールの差出人と件名を見た瞬間、俺の全身の毛穴という毛穴から汗が噴き出した。

差出人：巻貝なまこ（作家）
件名：ファンレターに記載されていた内容について

来た！　という昂揚《こうよう》と、お断りの連絡だったらどうしよう……という不安が混ざった感情で、自律神経は一時的にズタズタのボロボロになっていたと思う。

正直に言えば、昂揚と不安なら不安のほうがちょっと強いまである。割合にして99％ぐらい。

だってそうだろう、プロ作家を勧誘するなんて初めての経験だ。

高校生――それもまだ中学から高校に上がったばかりの年頃《としごろ》の人間が、いきなり本棚で全国展開しているような大作家にオファーするとか、傲慢《ごうまん》にも程がある。

心の中で微笑《ほほえ》ましく笑われながらも大人の対応で軽くあしらわれてしまうのが関の山。

どう考えても、そうなる確率のほうが高いんだ。
マウスを握る右手の、震える人差し指でクリックしたときのことは、いまでも覚えている。
差出人：巻貝なまこ（作家）
件名：ファンレターに記載されていた内容について
大星明照《おおぼしあきてる》様

はじめまして、UZA文庫で本を出版させていただいている、作家の巻貝なまこと申します。

ファンレターの中に記載されていた内容と連絡先を拝見し、ご連絡しました。

まずはファンレターありがとうございます。主人公や登場人物の感性を、あなたに強く共感してもらえたこと、とても嬉《うれ》しく、励みになりました。小説を書き続けるかどうか悩んだ時期もありましたが、おかげで前向きな気持ちになれました。本当にありがとう。

さて、前置きが長くなりましたが、インディーズゲーム制作のお手伝い、私でよければ是非《ぜひ》やらせてください。

小説の経験はあるもののゲームのシナリオは初挑戦で、いろいろと手探りになるかと思いますが……お役に立てるように頑張りますので、長い目でお付き合いいただけると嬉しいです。

――神か。

丁寧な返事をくれただけでも嬉しいのに、まさか引き受けてくれるなんて！

誇張でも何でもなく、当時の俺は「ふおおおお！　やった！　やりやがったぜ畜生《ちくしょう》！」とひとりで大声で叫びながら部屋の真ん中に膝《ひざ》スライディング、ゴールを決めた直後のサッカー選手の如く両手を天に突き上げて仰《の》け反《ぞ》った。

……って、ガキか俺は。

これはあれだな、小さい頃に真白や真白の兄貴と遊んでたときによくやってたポーズを体が勝手に覚えてたせいだな、たぶん。

ちょうどテレビでワールドカップが中継されてた時期で、情けないことに影響されやすい男ども二人は、死ぬほどあのポーズを擦《こす》ってたからな。最終的には真白も洗脳されて――いや、影響されて、嬉しいことがあったときや大きな達成感を得たときに同じポーズを決めるようになってたけど。

それはともかく、だ。

巻貝なまこ先生にシナリオを担当してもらえることになって、マジのガチで嬉しかった。

べつに有名な作家先生の知名度に頼れる！　ひゃっほーい！　……というだけの理由じゃな

い。もちろんそれもあるけど。滅茶苦茶《めちゃくちゃ》あるけど。でも、それだけじゃなくて。

主人公の女の子――の、すぐ傍《そば》に常に寄り添う男子キャラに、ものすごく共感してしまって。

何故なら、俺がそれまでの人生で大事にしてたこととか――。

これから、俺がやろうとしてることとか――。

それらを全部まるごと肯定してもらえたような気がして、救われた気持ちになった。

ちょうど、悩んでいた時期だったから。

オズの人生のために行動を起こそうとしてる自分は本当に正しいのか？

ただのお節介じゃないのか？

盛大な地獄への片道切符を使おうとしてしまってるんじゃないだろうか？

……と、そういう種類の不安に取り憑《つ》かれていた俺にとって、俺を全肯定してくれるような内容に心揺さぶられないわけがなかったのだ。

断言できる。

あの日、あのとき、あの文章を読んだ、あの瞬間に――。

巻貝なまこという作家に、俺は恋をしてしまってたんだ。

＊

「アキ……？」

「そ、そう……？」

「あ、ああ、すみません。戻ってきました」

　過去の思い出に浸り、沈黙していたせいで不安にさせてしまっただろうか。

　気まずそうに伏し目がちになる真白。

「……ごめんね。いままでアキのこと騙してて」

「そ、そんな、騙してるだなんて。あの、その、巻貝先生には本当、お世話になってますから。そんなふうに言われると俺も困るといいますか」

「敬語はやめて。何かムズムズする」

「え、あ、ああ、そうでし――そうだったな、真白」

　笑ってしまうほど言葉遣いがぎこちない。

　喉《のど》が急に錆《さ》びついてしまったみたいに。

　目の前の人物が月ノ森真白なのか、巻貝なまこなのか、頭の中で二人の人間のシルエットがうっすらとブレながら重なっていて、どうにもひとつの像に結ばれずにぼやけてしまう。

まだ頭はぼんやりしているが、俺はかろうじて質問を絞り出せた。

「どうして今まで隠してたんだ？」

「い、言えるわけないもん。……その、小説は、真白の頭の中を、覗《のぞ》かれてるみたいで」

「でも俺は巻貝先生の小説、本当に好きで――」

「知ってる」

俺のフォローを遮《さえぎ》って、真白は言う。

「だから、無理だったの」

「だからって……それ、どういう……」

「正体が真白だってバレたら、幻滅されるんじゃないかって思ったの。だって、ズルだもん」

「ズル……？」

「巻貝なまこ作品に共感したんだよね？　再会してすぐの頃、映画館で、そう語ってくれたよね」

「ああ。本音だ」

以前に自分を虐《いじ》めてきた相手と遭遇してしまい、映画館でB級映画を観《み》ながらいじけていた真白に、俺は小説の素晴らしさを語った。自分の書いていた小説を馬鹿《ばか》にされたと落ち込んでいた真白に、巻貝なまこ作品の良さを語りまくった。

今思えば、本人を前にドヤ顔で語るとは、なんて生意気な行為だったんだと、恥ずかしさの極《きわ》みでしかない黒歴史だが。

「それ、あたりまえなの。だって……真白から見た、アキのカッコいいところを詰め込んでたから」

「…………ッ」

それは、あまりにも当然の論理。

俺の心に深く刺さったのは、俺をよく知ってる人間が書いたから。

単純すぎて、ミステリーのどんでん返しに使ったら読者から怒られかねない真実。

『主人公や登場人物の感性を、あなたに強く共感してもらえたこと、とても嬉しく、励みになりました』

さりげなくメールに含まれていた記述の意味に、今更気づく。

初対面の俺に共感してもらえて何故嬉しかったのか？

当時は仕事を引き受けてくれた事実に舞い上がってしまって、その文章の違和感には気づけなかった。

本当に、どうしようもなく鈍感だったんだな、俺って男は。

「もう一回、確認させてくれ」

「うん」

「お前が、いえ、あなたが、巻貝なまこ先生なんですね?」

「そうだよ」

一瞬の躊躇《ちゅうちょ》もない断言。迷いのないまっすぐな瞳《ひとみ》。

俺は知ってる。

真白はこんな嘘《うそ》を器用につけるタイプじゃない。こんな冗談で人をからかうようなタイプの女の子でもない。

「わかった」

そう口にしたことで後から納得が追いついてくる。そして納得したら、急にさまざまなものが胸に込み上げてきた。

本物の巻貝なまこ先生と生身で会えた。

会えたらやりたいことが、あった。

「えっ」

真白の驚く声が聞こえた。

いつの間にか、俺は真白の手を両手で握りしめていた。そして、すがりつくようにその手に額を埋《うず》め、長い、とても長い間積み上げてきた感情を吐き出していく。

「ありがとう……ございました……! 会えたら、直接感謝の気持ちを伝えたいって、ずっと思ってました……！」

「え？　ちょ、アキ。泣い、てる……？」

「泣いてはいない！」

　ちょっと目頭が熱い気がするし、頬《ほお》に湿っぽさを感じるけど、高校生にもなって泣くようなみっともない男の姿は俺には見えてないからセーフ。

　真白の表情がいつになく優しく、慈愛に満ちているように見えるのは、俺の情緒が不安定なせいだろうか。

「驚いた。感情的な姿、珍しいね」

「ずっと感謝を伝えたかったんだ。『黒山羊』が大勢のユーザーに遊ばれて、《5階同盟》が大人たちにも通じる確かな交渉力を獲得できたのは、巻貝先生のおかげだったから。ふつうなら絶対諦《あきら》めなきゃいけなくなるようなふわふわした雲みたいな道を、しっかり歩ける舗装《ほそう》された道路に変えてくれたのは、巻貝先生だったから」

「アキ……」

「どうしても『黒山羊』を大きくしていかなきゃいけなかった。いろんな奴の人生を無責任に分不相応《ぶんふそうおう》にも背負おうとして、もう駄目なんじゃないかって、潰《つぶ》れそうで、諦めかけてた……。巻貝先生に手を差し伸べてもらえなかったら、前に進めなかったかもしれないんだ」

「そう……なんだ……」

「笑っちまうよな。真白と再会したとき、小さくて、か弱くて、危なっかしくて。どうにか手を差し伸べないと、支えないとって必死になった相手が……よりによって、俺をさんざん助けてくれた人だったなんて。助けられてたのはどっちだって話だ」

「そんな。真白、救われたよ。巻貝なまことしては、たしかに、いろいろお手伝いしたけど。でも、アキがしてくれたことが帳消しになったりしない。そこを否定するのは、許さないよ」

「ああ、わかってる。わかってるんだが……」

「……ふふっ」

「なっ……真白?」

ここ、笑うところか？

わりと真面目な話をしてるつもりなんだが。

「ごめん。でも、おかしくて。やっぱりアキにとって、《5階同盟》の仲間は特別なんだね。正直、ここまで想《おも》われてたなんて、ネット越しだけだとわからなかった」

「そ、そりゃあ、そうだろ」

昨今はSNSの流行やリモート会議用サービスの普及に伴い、一切《いっさい》顔を合わせることのないコミュニケーションもあたりまえになりつつある。

しかしそんな時代であっても、やはり面と向かって話せば表情や声から感じ取れる情報量も不思議と多く感じるし、存在そのものの温かみのようなものはやはりあるわけで。

正真正銘の効率厨には、時代に順応できない古い価値観だと笑われるかもしれないが。

俺にとっては、生身が一番心地好《よ》い。

「こんなに強く想ってくれるなら、もっと早く告白してればよかった」

「本当それな！　俺がどれだけ巻貝先生に会いたかったか……いやまあ、会えてたわけなんだけどさ。べつに正体が真白だったとしても驚か……いや驚きはするけど、幻滅なんかするはずないだろ」

たとえ正体がどうあれ、俺の巻貝なまこ先生への印象が変わるはずもない。

尊敬の対象に、真白も含まれるだけだ。

「でも、どうして今日、このタイミングで俺に正体を教えてくれたんだ？」

「それは……」

いままで怖くて黙っていたのなら、裏を返せば、怖くなくなったから真実を告げた――。

そう推察するのはあまりにも軽率な気がして。

「正々堂々とアキにぶつかってく子たちを見て……保険をかけてる自分が、駄目な子に思えてきたの」

「正々堂々、ぶつかる……もしかして、みど――」

ちょん、と口の前に真白の指が触れて、言葉が遮られる。

確かに、と反省する。

昨夜の翠《みどり》の告白。真白がそれを知っていようと知っていまいと、今それについて追及するのは野暮《やぼ》だろう。

「もしアキに振られても、正体を隠し通せばずっと傍にいられる。こんな保険をかけてたら、アキのことが好きな他の子にも失礼だし、《5階同盟》のために全力を注ごうとしてるアキにも顔向けできない」

だから本当のことを話そうと思ったの、と真白は言った。

「ニセ恋人の解消も？」

「そう。《5階同盟》の皆にも正体を明かして、隠し事なんてひとつもないし、ニセの関係もゼロ。そんな、まっさらな自分で前に進みたいから」

「……待てよ。それじゃあ……」

嫌な予感がする。

一流の経営者である月ノ森社長が、交換条件を緩和するような温《ぬる》い真似《まね》をするはずがない。ニセ恋人関係と《5階同盟》のハニプレ合流の約束はセットだった。

関係を解消しながら《5階同盟》の扱いはそのままなんてあり得ない。どんな交換条件ならあの人が認めるのかいまいち想像できなかったが、真白の正体を知った今なら、簡単に結論を導き出せる。

「まさか、巻貝なまこ先生の作品を、交渉の材料に――」

「したよ」

予想は簡単に肯定された。

「『白雪姫の復讐《ふくしゅう》教室』のメディアミックスをハニプレ主導で進めていいことにしたの。もうカナリアさんの許可も下りてるし、決定事項」

「いいのか？　あれのアニメ化が動いてなかったのって、何か信条があったからだろ」

「信条っていうか。怖かっただけ。……自分の内側から出たものが、他の人にいじられたり、小説よりも更に大勢の人の目に晒《さら》されるのが怖かった」

「なら……！」

「でも、覚悟を決めたの。より大きくなる覚悟を。有名になる覚悟を。……アキが目指してる世界も、そういう世界でしょ？」

「それは……」

コンシューマーレベルの完成度の高いゲームを作れば、正式にハニプレのパブリッシングを受けて世界と勝負できる。その考えは確かにあった。

もし、限られたコアファンだけにウケればいいと考えてるなら、わざわざコンシューマー版を作る必要はない。スマホで遊んでくれてる今のユーザーだけに、新しいコンテンツを提供し続けていればいい。

そうしないのは、それだけで満足できないのは、その先を目指しているから。

オズ、紫式部先生《むらさきしきぶせんせい》、そして——彩羽。あいつらの活躍できる場を更に拡《ひろ》げるための一手を、模索し続けてきたからこそ、選んだ道だ。

「だから真白も大きくなる。大勢の前に自分を晒して、たぶんこれまで以上に好き放題に批判されたり、ボッコボコにされたり、傷つくこともたくさんあると思う。でも、アキの隣を歩きたいから、歩き続けたいから、そういうのも全部まとめて受け止めようって、覚悟したの」

「真白……いや、巻貝なまこ先生が、そこまで……」

気持ちは嬉しい。ただ、いつまでもおんぶにだっこになってるわけにはいかない。

ここから先は俺が頑張らないと。そう、思っていたから。

「違うよ。真白を動かしたのは、アキ。アキだから真白は……巻貝なまこは、動いたの。これは、アキのやってきたことが結実しただけ。他の皆と同じだよ」

「……。そっか」

真白の真《ま》っ直《す》ぐな瞳が眩《まぶ》しすぎた。

だからこそ、胸の奥底でひとつだけ、にごりのような後ろめたさがわだかまっていて。

「すまん、真白」

「意味不明。真白が謝ってるのに、なんで勝手に謝るの」

「いや、違うんだ。こんなにも心を開いてすべてをさらけ出してくれた真白に、俺はまだ隠してることがあるんだ」

「……！」

真白の肩がピクンと跳ねる。

この事実を話してもいいのか、否《いな》か。すこし迷ったけれど、真白ならきっと大丈夫。そう、信じられるから。

俺は、《5階同盟》最大かつ最後の秘密を——パンドラの箱の中身を、彼女に見せる。

「《5階同盟》の声優担当——その正体が彩羽だってことを、俺はずっと、仲間たちにも隠してきたんだ」

「…………………」

「驚かないんだな」

「うん……知ってた、から」

「そっか。まあ気づかれてても仕方ないよな。《5階同盟》の連中以外に友達も仲間もいない俺の家に、あんなに入り浸ってる奴がいたんだ。何故か俺らの活動に詳しくて、何故か演劇部に教えられるほどの演技力まで備えてる。……謎《なぞ》の声優旅団Xと無関係と考えるほうが難しいっつーか」

「それもあるし……ごめん。アキのスマホ。音井《おとい》さんからのＬＩＭＥメッセージが、目に入っちゃったの。旅行の帰りの車の中。みんなが寝てるときに。も、もちろんわざとじゃないんだけど……でも、見えちゃったのは事実だから、その……ごめんなさい」

「いや、大丈夫だ。本当なら《5階同盟》の仲間たちには共有してもいい情報ではあるし。現に真白は他の人に漏《も》らしたりはしてないわけで」

「……どうして、仲間にも言えなかったの？」

「万が一にも、知られたらマズい相手がいるから」

「それって」

「彩羽の母親。……小日向乙羽《こひなたおとは》。またの名を天地《あまち》乙羽。このエターナルランドを運営してる、天地堂の社長だ」

「あの人が……？　でも、どうして……」

観覧車のゴンドラの中。空中の密室でふたりきりでかわす、秘密の会話。

まるで悪の組織が裏取引をしているかのようなシチュエーションだけど。

実際は、ただの昔話で。

「ちゃんと説明しようとすると、真白と再会するよりも前——それどころか巻貝なまこ先生と出会うよりも前に遡《さかのぼ》っちまうんだが……」

「聞かせてっ」

「お、おう。そんな前のめりにならんでも」

予想以上の食いつきに、思わず仰け反ってしまう。

が、それも当然か……と。

今の俺は納得できた。

恋愛感情を自覚した今なら納得できる。真白にとっては俺の過去──それも、きっと恋敵《こいがたき》と認定しているであろう彩羽と俺の馴《な》れ初《そ》めの話が、気にならないわけがないんだ。

彩羽の秘密を守るためだからといって、真白を無下《むげ》に扱う気にはなれない。

「中学時代のことは黒歴史すぎて、脳内で思い返すことさえ禁じてたんだが……」

覚悟を決めた。

どうして俺が彩羽の秘密を頑《かたく》なに守っていたのか。

そもそも俺と彩羽がどのようにして出会って、どんな関係を経て、なぜ《5階同盟》を立ち上げて、今に至るのか。

表向きの情報はいろいろな相手に小出しにしてきた。だけど今の真白に対しては、いっさいの隠し事をせずに、全部を話す義務があるように思うから。

だから記憶の箱を開ける。

黒歴史しか詰まっていない、パンドラの箱を。

「俺は、あの日……彩羽から大切なモノを奪っちまったんだ」

*

『意味深な場所で切るヤツぅ！　先の展開を気にならせる手練手管《てれんてくだ》、くぅ、いやらしい！』

『でもそういう展開が？』

『大好きなのおおお！　このモヤモヤを妄想する時間もまた楽しいのおおお！』

『さすが紫式部先生、創作者たるもの、そうでないと』

『今からアキと彩羽ちゃんの過去を捏造《ねつぞう》するイラストを描いてきてもいいかしら⁉』

『ちなみに僕も登場するよ』

『マジ⁉　えっ、なに、オズアキ彩羽ちゃんのBLノマカプまじりの三角関係⁉　ちょっと待って、それめっちゃ調理が難しくない⁉』

『ちなみに音井さんも登場するよ』

『カオス‼』

『あはは。紫式部先生の予想通りの展開かどうかは……まあ、お楽しみに、ってことで☆』

Tomodachi no imouto ga
ore nidake uzai

友達の妹が
俺にだけ
ウザい

interlude

Tomodachi no imouto ga ore nidake uzai

幕間●●●●●彩羽と乙羽

頼まれていたミネラルウォーターとクリームソーダ（ついでに自分のぶんのトマトジュース）を売店で買うと、私は小走りにゴーストマンションに戻ってきた。

お化け屋敷に巻き込まれたり、センパイや真白《ましろ》先輩に遭遇したりして時間をロスしてるのでだいぶ遅くなってしまった。

海月《みづき》さんは多少遅れたところで怒る人じゃないと思うけど、ちょっと申し訳ない気分になる。

音井《おとい》さんは……怒りそうだなぁ。

声を荒らげたりはしないけど、無表情、平淡な声のまま、「遅いぞー」とだけ言ってきそう。

出るときに比べたら中に入るのはずいぶんラクだった。

裏のスタッフ通用口から入ったときに、通りかかったスタッフさんにハリウッドの撮影班が来ている会議室の場所を教えてもらえたから。

「えーっと、関係者だと証明できるものはある？　ゲスト用のタグがあるはずなんだけど」

「え？　あー……あります、あります！」

一瞬、何の話かわからなかったけれど、すぐに思いついてポケットの中を漁《あさ》った。

そして『GUEST《ゲスト》』と書かれたシールを取り出してみせる。

「これですよね?」

「はい、確認しました。ご案内しますね」

そう言って、スタッフのお姉さんはあっさり会議室の前まで案内してくれた。

「ゲスト用のシール、もしよければ服の肩のところとか、見えやすい場所に貼《は》ってもらえるとわかりやすいですよ」

「あー、はい。あとで貼っておきます。あはは」

苦笑で軽く受け流す。

や、貼ったほうがいいのはわかるんですけど、服の繊維が痛みそうであんまりやりたくないんですよねー。せっかく京都《きょうと》観光に向けて、ありったけのお洒落《しゃれ》服を用意してきたから余計にといいますか。

身分を証明しなきゃいけないタイミングで取り出せばいいかなーなんて思ってみたり。

悪い子ですみません、スタッフのお姉さん!

心の中だけでそう謝りながら、私は半開きになっていたドアをそっと肩で押し開ける。

微《かす》かに部屋の中の会話が聞こえてきた。

「After all Tenchido is wonderful. I'm so proud of you.（やっぱ天地堂《てんちどう》はごっついのう。アンタを尊敬してまいますわ、社長）」

どす)」
「What a relief! I am honored to receive such a comment.（あらまあ。そう言うてもらえて光栄

——打ち合わせかな？

英語なので内容はいまいち聞き取れなかったが、部屋の奥のほうから雑談よりはややかしこまった雰囲気の会話が聞こえてきた。

邪魔しちゃ悪いからと、物音を立てないようにゆっくりと部屋に忍び込み、隅っこの椅子に絶妙に距離を空けて座っていた海月さんと音井さんのもとへススと近寄っていく。

「ありがとメルシー。喉《のど》カラカラ、救い、助かりました」

「おー、さんきゅー。……ずずず」

「せめて受け取ってから飲んでくれませんか⁉」

「やー、手を伸ばすのめんどくてなー。うまー」

首だけをのっそりと動かして、クリームソーダの容器にすでに刺さっていたストローに口をつける音井さん。

受け取ることさえせずに飲み始めるとは、怠惰《たいだ》の極《きわ》み。音井さん、恐るべし。

「まったくもう……てか甘いものはホント底なしですね、音井さん……」

そうあきれていると、不意に肩をちょんと指でつつかれた。

振り返ると海月さんだった。

「彩羽《いろは》ちゃん。何か気づく、気づきませんか?」

「えっと、何かって、何がですか?」

言われてる意味がわからず首をかしげてしまう。

海月さんの目が細められる。

まるで何かを試すような、どこか悪戯《いたずら》心を秘めているような。

黒豹《くろひょう》みたいだ、と思う。


「あら? そこにいるのはもしかして……彩羽ちゃん?」


……え?

聞こえてきた声に、凍りついてしまう。

海月さんの体に遮《さえぎ》られて、姿は見えていない。だけど、この声で「彩羽ちゃん」と呼ばれて、私が聞き間違えるわけもない。

生まれてから今まで、幾度となく、愛情を込めて自分を呼んできた人の声。

「あら。あらあらあら。困ったわね。まさかこんな姿を娘に見られるなんて。……でも、これはいったい、どういうことかしら～」

「ま、ママ……」

どうして早く気づけなかったんだろう。

さっさと気づいていたら、見つかる前に部屋を抜け出して、行方《ゆくえ》をくらませていたのに。

英語で会話をしていた人たちのうちの、一人——おそらく映画監督であろう、外国人の男性の横にいたのは、家とは違ったスーツ姿、完全ビジネスモードの服装に身を包んだ、私の母親。

小日向乙羽《こひなたおとは》。こと、天地《あまち》乙羽。

普段は優しそうな糸目を半分だけ開き、ママはこっちに近づいてくる。

——どうしよう。きっと、怒ってる。

声を荒らげたりしない。責める言葉を投げかけたりもしない。

ただただ瞳《ひとみ》に残念そうな、哀しそうな色を湛《たた》えていて。その目を見ていられなくて、お腹《なか》の奥がぐっと重くなった感覚が苦しくて、私はぎゅっと目を閉じた。

「……あー、この人、もしかして……まじかー……」

近くで音井さんが頭を抱えた気配がした。音井さんは私の家の事情——役者の道を目指してる事実が、母親にバレちゃいけないってことまでは知ってるけど、そもそもその母親が天地堂の社長で、天地乙羽だってことは知らなかった。ママがどんな姿をしている人なのかも、当然知らない。

だから今の今まで気づけなかったんだ。もし会議室に入ってきた大人が私の母親だと知っていたら、すぐに私に連絡を取ってくれたと思う。

——もう、駄目かも。

ハリウッド映画の撮影に同行。こんなの言い訳のしようがない。どこからどう見ても芸能の道——エンタメの道に足を踏み入れようとしている人間の行動だ。

ママの足音が目の前で止まった。

なんて声をかけられるんだろう？　そう思って、ビクビクしていると——……。


「いったい、どういうつもりかしら。……海月さん？」


……あれ？

私じゃ……ない……？

「平日の昼から他人の娘を連れて、遥《はる》か京都に。なかなかできることじゃありませんね～」

「女子高生。自立した大人。問題ない、ありません」

「法的にはまだ未成年なので親の同意なく労働させるのはアウトですよ～？」

「お給料なし。時給0円。ボランティアなので大丈夫、あります」

「それはそれで労働基準法に引っ掛かりそうですね～」

私をよそに、表向きの笑顔をぶつけ合い、見えない火花を散らすママと海月さん。

怒りの矛先《ほこさき》は私じゃなくて、私を巻き込んだ大人のほうに向いてるらしい。

純粋に心配する気持ちで、怒ってくれてるんだ。

——こういうところ、本当にいいお母さんなんだよなぁ……。

でも。

……いや、だからこそ、かな。

私は何も言えなくなってしまうんだ。

「彩羽ちゃん」

「は、はいっ」

今度こそ私のほうに声をかけてきた。

背筋が伸びて、返事も硬くなってしまう。

「どうしてこんなところに来たのかしら？　駄目でしょう、学校をサボったりして」

「ご、ごめんなさい。でも……」

「でも、……何かしら？」

「ぅぅっ」

丁寧に問い詰められて、私は追い詰められる。

言葉が出ない。鏡で見るまでもなく、肩が竦《すく》んでいるのが自分でわかる。

一歩後ろに後ずさろうとした私の肩がふんわりと包み込むようにして押さえられた。

「ノン。逃げては駄目、いけません」

「海月さん……⁉　で、でもっ」

「いい機会、チャンスあります。ハッキリ告げる断言、必要なときあります。彩羽ちゃんが、どうしたいのか。本当の気持ちを」

「……！　もしかして今日、ママが来ることを――」

「ウイ。当然知ってる、知識ありました。あなたが殻破り、一歩踏み出せる場所を用意して、ワタシ、背中押す、押します」

「そんな……」

全部、全部全部、何もかも、手の平の上だったんだ。

冷静に考えたらそうだ。ハリウッド映画の撮影班とのコラボなんて、テーマパークの責任者だけで対応するような仕事じゃない。更に上――それこそ社長が直々《じきじき》に顔を出して、挨拶《あいさつ》するべき案件なわけで。

大人である海月さんなら、今日ここに天地堂の社長が来ることを予見していても何ら不自然はないんだ。

ひどい。こんな強引なやり方をするなんて。

――と、恨み言を言うのは筋違いだって、私だってわかってる。

いつかはママと向き合わなきゃいけなかった。

センパイに守られながら、匿名で活動していられるのは高校生の間——子どもでいられる間だけ。

役者の道を目指すなら、正面からママを説得しなきゃいけないんだ。

「ハリウッド、一流の現場、見た感想。自分の胸、問いかける。答え、そこにあります」

海月さんの言う通りだ。

祇園《ぎおん》での撮影で、私は女優としての月ノ森《つきのもり》海月の輝きを見せつけられた。

撮影班の人たちのプロ意識たっぷりな仕事ぶり、役者さんたちの本格的な演技を見て、すっごく感動して。あらためて、役者になりたい！　全力でこういう仕事をしたい！　って、そう思った。

「あとは勇気を出すだけ。さあ、言いましょう。お母さんに」

そう。答えは決まってる。

今なら自分のやりたいことをまっすぐに、ママの目を見て主張できる。

「ママ。私はっ……」

ありったけの想《おも》いを吐き出そうと口を開いて、大きな声で。

そして。

ママの、静かな。——哀しそうな目を見てしまった。

「私……は……」

最初は大きかった声がデクレッシェンド。だんだんと小さくなってしまって。

「わた……し……」

掠《かす》れた末に、その声量は限りなくゼロに近づいて。

「…………」

そして、何も言えなくなってしまった。

「彩羽ちゃん？」

耳の裏で困惑するような海月さんの声が聞こえた気がする。でもその声はもう、頭の中には入ってこない。

せっかくセンパイが応援してくれて、一流の女優さんまでこうして目をかけてくれてるのに、いまだに胸を張って反抗できない自分の情けなさとか。

このあとどうなっちゃうんだろう、夢を諦《あきら》めなきゃいけないのかな、センパイと一緒に築き上げてきたものがなくなっちゃうのかな、っていう恐怖とか。

いろいろな感情が生まれては消えてを繰り返して。

何かもう、頭の中がグチャグチャで。

結局、私の出した結論は——……。

「……！ 小日向っ！」

「彩羽ちゃん⁉」

私を呼び止める二人の声は、すでに遠かった。音井さんと海月さんが反応したときにはもう、私は会議室を飛び出す寸前だったから。

自分でも驚くぐらいの速さで体が動いたと思う。

顔を伏せて、脇目《わきめ》も振らず。

ママや、他の皆に背中を向けて。

——逃げ出した。


これが、私の答え。

ごめんなさい、センパイ。音井さん。海月さん。

せっかく応援してくれてたのに。

ワガママな私を受け入れてくれたのに。

やっぱり、ママが相手だと、ワガママになりきれなかったです。

interlude

Tomodachi no imouto ga ore nidake uzai

幕間●●●●●海月と音井さん

どうも、こんばんジュール。月ノ森海月《つきのもりみづき》です。

フランス人と日本人の両親を持つ、ごくごく普通のブロードウェイ女優。他の人とちょっと違うところがあるとすれば、愛する夫と子どもたちに恵まれてるということぐらいでしょうか。

今ワタシは「ミュージカル映画の撮影だからやれるでしょ?」という雑な理由でハリウッドのチームからオファーをもらい、面白《おもしろ》そうだからという雑な理由で了承、こうして日本の京都《きょうと》までやってきました。

ついでに最近見つけた金の卵。才能あふれるジーニアス・ガールの手助け、背中プッシュもしたい、したかったのですが――……。

天地乙羽《あまちおとは》――彼女の母親が、役者の道を閉ざそうとする理由もワタシは理解していました。

ですが、母親は母親、娘は娘。

人生を縛られる謂《いわ》れはありませんし、自らの意思で運命はいくらでも変えていけます。

思春期の女の子、心揺れ、親に隠し事、あたりまえにあります。いざ心を決めてしまえば、親のもとを飛び出して、自分の人生の道を歩き出す……そういうものと思っていました。

ワタシは真白《ましろ》をそう育ててきたし、あの子は自分の人生を歩き出した……傷つき、ひきこもりになっているときでさえ、心の支えになろうと努めこそすれど過干渉だけはしないと決めて、自ら立ち上がる気になるまで強制せずに見守りました。

自分の道は自分で選ぶ。私もそうだったし、真白にもそうあってほしい。……長男の深琴《みこと》はちょっと放置しすぎて堕落しましたが。

なので。

逃げるように会議室を飛び出した彩羽《いろは》ちゃんの背中を見送って、ワタシはぽかーんと、口を開き、アホ面、思考停止してしまったのです。

「やってくれたな、あんた」

「…………っ」

強い力で肩をつかまれて、思わず顔を歪《ゆが》めてしまいました。

目の前でワタシを睨《にら》みつけているのは、途中で合流してここまでついてきていた、修学旅行中の高校生。名前は確か音井《おとい》さん。

さっきまで気の抜けた顔でクリームソーダを飲んでいたナマケモノ・ガールとは思えない、殺気立った気配。眼差《まなざ》し、鬼、軍人、殺し屋、大勢殺してきた鋭さ湛《たた》えています。

「追いかけんぞ。あんたも手伝え」

「え、ええ……。ワタシも心配、心遣い、します。迷子いけません」

「おう。……ずずっ！」

威勢よくストロー吸い、化け物じみた肺活量《はいかつりょう》、一瞬でクリームソーダの中身を空っぽに。

プラスチックの容器を握り潰《つぶ》して、会議室のゴミ箱にスリーポイントシュート、投げ捨て足早に会議室を出ていきます。

ワタシも彼女について行こうとして、一瞬、乙羽さんを振り返りました。

「あなたは行きませんか」

「そうですね～。あの子が今、一番会いたくないのは私でしょうから」

「わかっていながら、なぜ認めてあげないのですか」

「説明が必要かしら？　他人……それも、私とは違う道を進んだあなたに」

見えない壁、高くそびえるの、感じました。

これ以上は何を言っても馬耳東風《ばじとうふう》、糠《ぬか》に釘《くぎ》、暖簾《のれん》に腕押し、理解したワタシは無言で背中を向けましたが――。

最後にひと言だけ、ぽつり、嫌味、付け足しました。

「過去、引きずり。他人の人生、強要。あなたの嫌いな大人のやり方、そのものです」

「ええ。自覚してますよ」

返事は、居直り。

だとしたらもう彼女と話すこと、本当にこれ以上ない、ありません。

ワタシは音井さんを追いかけて、会議室を飛び出しました。

＊

ワタシは降りる階段の手前で音井さんに追いつきました。

通りすがりのスタッフに目撃情報聞き、彩羽ちゃんの逃走した方向、推定し、およその経路を導き出します。

おそらくゴーストマンションを出て、外に逃げたようでした。

「ったく。走り回るのは面倒なんだがなー」

「同意です。大人、素敵なレディになり、一生あぐらかいて生きる、思っていました。汗流し、息乱して走る、高校生ぶりです」

「寝てるだけで目的地に到着する靴みたいなのが発売されたらいいいんだがなー」

「さすがに運動不足、デブまっしぐら、危険です」

会話が通じているのかいないのか、よくわかりませんが、とにかくそんなことを言い合っているうちに外に出ました。

走りながら、音井さんの横顔に質問、クエスチョン、問いかけます。

「音井さん。彩羽ちゃんのこと、よく知ってる、賢者、間違いありませんか？」

「まー、一応なー」

「ワタシ、たとえ反発していても、親と子、価値観相容《あいい》れなくても、家族なら話せばわかる、思っていました。浅はか、猿知恵、お花畑で恥ずかしい。ごめんなさい」

「ホントな。マジで余計なことしてくれたな、あんた」

「ワタシは乙羽さんについてはよく知ってる。自信ある、あります。ですが、母娘の関係にはビギナー、処女、知識足りません」

「女優のくせに、そんなこともわからんのか?」

「? どういう意味です?」

「小日向《こひなた》はな、人の気持ちがわかいかいかいかりすぎるんだよ」

「なるほど。完全没入型演技の才能ゆえに、ですか」

納得に一秒すら不要、充分すぎました。優れた女優の中にはまるで役が憑依《ひょうい》しているかのような演技を見せる人がいます。ワタシもそのひとりですが、彩羽ちゃんは没入の程度だけで言えばワタシよりも遥《はる》かに凄《すご》く、そして、酷《ひど》い。

それは彼女の才能であると同時に弱点でもあります。あまりにも「自分」がなさすぎる演技に、ワタシはもったいなさを感じ、彼女を導きたいと思ったのですから。

「しかし、だとしてもあそこまでは異常、イレギュラー、ありませんか? 母親の本音、悟り、感情移入してても自分は自分のやりたいことあるはずです。人、そこまで利他主義になれることありますか？」

「アホか」

「ＯＨ……とてもシンプル、ぶったぎり」

ズバリと言われると、逆に清々《すがすが》しいです。女優なんて商売をしているとワタシの機嫌を窺《うかが》う人間ばかり周りに寄りつき、揉《も》み手《で》、ゴマスリ、曲学阿世《きょくがくあせい》。エコーチェンバー、増長を加速させる環境整います。……日本語難しいので、使い方合ってるかわかりませんが、言いたいことはだいたいそんな感じです。

何はともあれ音井さんの、歯に衣《きぬ》着せぬ物言いは久々で、心地好《よ》さありました。

「小日向がそういう奴《やつ》じゃなかったら、ウチも、アキも、こんな苦労してないってーの」

「アキ……親しげな呼び方、意味深、感じます」

「まー、あいつとは付き合い長いからなー。なんだかんだで中学の時からだしなー」

「大星《おおぼし》君と深い仲、フム。セフレ、元カノ、ワンチャンありますか？」

「やー、ないない。……あー……正確には、微妙にニアリーイコールかもしれんけどー」

「ＯＨ。思春期、青き衝動、やらしいです」

「違うっちゅーに」

頬《ほお》を押さえてくねくね、発情ダンスしていると、音井さんのチョップ、脳天落ちて頭蓋割れました。

ああ、割れたのは比喩表現ですよ、もちろん。

おふざけはさておき。

ワタシは限りなくゼロに近かった真面目度《まじめ》を30%ぐらいまで上げて、訊《き》いた。

「詳しく聞いてもいい、アリですか?」

「んー……まあ、あんま思い出したくないがー」

口がへの字に曲がり、咥《くわ》えていた棒キャンデーがてこの原理、角度上がります。

そしてどこか遠くを眺めるように目、細め、口、開きました。

「あいつはさ。才能があるだけじゃなくてな。——自分でも気づかないうちに才能に振り回されてた、可哀想《かわいそう》な奴なんよ」

Tomodachi no imouto ga
ore nidake uzai
友達の妹が俺にだけウザい

epilogue1

Tomodachi no imouto ga ore nidake uzai

エピローグ　紫式部先生の貴重な出番

修学旅行の自由行動日は性根《しょうね》がひきこもりのものぐさ教師にとっては絶好の休息日だ。

何故《なぜ》なら、ホテルから一歩も出なくていいから！

これまではある程度観光コースが決まっていたのもあって、教師ひとりひとりがそれぞれの持ち場となる場所にいて目を光らせてなければいけなかった。でも今日は違う。緊急連絡を受け取れるようにスマホさえ肌身離さず持っていれば、基本的にどこにいてもいいのである。

宿泊してるホテルの近場なら、だけど。

逆に言えば、ずっとホテルに引きこもってても文句を言われずに済む絶好のタイミング。

しかも都合が良いことに、他の先生方は部屋に引っ込むかホテルの外の近場に外出するかのほぼ二択で、一階のラウンジには見当たらない。修学旅行中でも一般の客の出入りが多いこともあり微妙に人が多いから避けているんだろうけど、フフフ、このアタシ、影石《かげいし》菫《すみれ》こと紫式部先生《むらさきしきぶせんせい》にとっては好都合・オブ・好都合！

私的な用事をこっそり済ませちゃうとしようかしらね！

「ふふ、フフフフ……」

「何やニヤニヤしよって。相変わらずキモいやっちゃな～」

「フフ……にゃぶ⁉　ごほっ、げほっ……いつからいたの⁉」

突然、コテコテの関西弁で声をかけられて、アタシは盛大に咳《せ》き込《こ》んだ。飲み物を含んでたわけじゃないけど、こう、唾《つば》的な何かを呑《の》み込んでしまったのだ。

「ついさっきや。学校の先生なった言うから、ちぃとは大人の色気っちゅーもんが出てきたと思ったら。まーったく、変わらんのう」

アタシの反応を面白《おもしろ》がってクスクス笑いながら正面に座る。

くせっ毛が特徴的な、眼鏡《めがね》をかけた女性だ。

服装は上品な大人の女性らしく小綺麗《こぎれい》にまとめているが、色づかいや肌の露出の控えめさ、その他細かいところに自己肯定感の低さが垣間見《かいまみ》えていて、社会人からデビューした元陰キャなのは明らかだった。他の誰《だれ》をごまかせても、アタシの目は騙《だま》せないわよ。

……まあ実際、社会人になる前の彼女の本性を知ってるから言えるんだけどね！

それはともかく。

「うぅ～、会いたかったよぉ、ナゴちゃ～ん！」

「ちょ、やめーや！　こんなお洒落《しゃれ》なラウンジで抱きつかんといて！」

思い切り身を乗り出してテーブル越しに抱きつこうとしたら、無遠慮に顔を押されて押し返される。

うーん、雑な扱い。

でも逆に、滅茶苦茶《めちゃくちゃ》親しい間柄だからこそ、できるやり取りでもあるわけで。

「ったく、どっからどー見てもクールビューティーやっちゅーのに。ホンマ見た目だけやな」

「ナゴちゃんだって剣背負ってないの違和感なんだけど！」

「あほんだら。イベント以外でコスプレする奴《やつ》がおるかいな。……てかさっきからナゴちゃんナゴちゃんて、わしのＨＮ《ハンドルネーム》、大納言君子《だいなごんきみこ》なんやけど」

「ええ～、長くて言いにくいじゃない」

「ほんならあんたのこと、サキちゃん呼ぶけどええんか？」

「えぇ～、紫式部先生の略称じゃなくて普通の名前っぽいからわかりにくくない？」

「あんたホンマ好き放題やな。……まあええわ、式部《しきぶ》さん」

こうして名前を呼び合うと懐かしい気分になる。

何故なら、彼女は――……。

「にしても、本当に久しぶりね。いきなり呼び出しちゃってごめん！」

「まあええよ。どうせランチタイムはどっかでメシ食ってるだけやもん。ここで食おうと会社の近くで食おうと大して違いはあらへん。――最近あんまサークルの新刊出しとらんさかい、ぱーったり顔合わせせんくなって。寂《さび》しかったんやで？」

「マジ⁉　竹割りサバサバ女子のナゴちゃんが寂しがってたとか、ギャップ萌《も》えヤバすぎるんだけど！」

「嘘《うそ》や嘘。ンなわけあるかい、アホ」

「そこはツンデレでひとつ！」

「わしのデレは高いでぇ？　百億万円や。にしし♪」

——と、まあ、そういう間柄。

大学からの付き合いでアタシのオタクな本性を知ってる数少ない同志のひとり。紫式部先生として同人誌を描いて、イベントに出ていた頃、売り子を手伝ってくれていたのもこの大納言君子——ナゴちゃんだ。

大学卒業後、アタシは関東で教師に。そしてナゴちゃんは関西でゲームクリエイターに。

「天地堂《てんちどう》でのお仕事はどう？　やっぱり天国⁉」

「あーはいはい、みーんなそう言うねん。外から見りゃ売上好調、順風満帆《じゅんぷうまんぱん》なホワイト企業に見えるっちゅーことやな」

「違うの？」

「ちゃうちゃう。山あり谷ありやで？　わしがＵＩデザイナーやっとるって話はしたっけか」

「したした。ほら、就職祝いの飲みのとき」

そう、ナゴちゃんの本業はＵＩデザイナー。大学時代、コスプレイヤーをしながらアタシの絵の手伝いでグラフィックソフトのたぐいを触ったり、趣味でプログラミングの勉強もしてた彼女にはぴったりな職業だと思う。

ちなみにＵＩっていうのはユーザーインターフェースの略で、ゲームを快適に遊んでもらうためにそのデザインには確かな知識に基づいたものが求められる。

視認性とか視線誘導とか、いろいろ。

ゲームが世に出るときにはプロデューサー、ディレクター、キャラデザ、音楽、シナリオなどが出来を左右しているかのように語られることが多いけれど、実はこのＵＩも、ゲームが快適に遊べるかどうかにかなり影響を与えていたり——……。

ちなみに『黒山羊《くろやぎ》』のＵＩは、アタシとアキ、乙馬《おずま》君がそれぞれの知識や知恵を持ち合って作った。

「んで、最近までＵＩとしてアサインされてたプロジェクトなんやけどな。他社との協業案件でな。ソシャゲを主に作ってる会社だったんやけど、向こうさんのエンジニアにまた厄介なのがおってな。……ＵＩ周りのプログラムが全部ぶっ壊れてたんよ」

「ひえっ」

「いろいろ問い詰めてみたら、実務経験ほぼゼロ。同じチームに属してただけでやったこともあらへん仕事をやったことにして転職繰り返してる地雷人材でなぁ。そのくせやたら偉そうにパワハラ三昧《ざんまい》。もうやっとれんわー！　って久々にブチ切れたわ」

「あちゃあ。天地堂も大変なのねえ。……ああでも、それは他社の人か」

「せやねん。唯一《ゆいいつ》の救いはアレが社内の人間じゃないってことやな。社内はホワイトやで～。パワハラ野郎は社長が絶対許さへんし」

「社長……あー……天地《あまち》社長？」

「そ！　べっぴんさんなだけやなく、経営者としても超一流！　かっこええわぁ～」

最近、一緒に飲んだのよねぇ……。

そんな凄《すご》い社長が彩羽《いろは》ちゃんの母親で、アタシのお隣さんだなんて。あらためて世間の狭さを感じてしまう。

まあ、そのことはとりあえず伏せておこう。アタシが社長と近い場所にいるってわかったら、面倒くさい反応しそうだし。

「ちなみに取引先のパワハラ野郎も、社長が圧かけて配置替えさせたらしいねん。ホンマ惚《ほ》れ惚《ぼ》れするほどごっついねん」

「ひえええ……」

他人事ながら震えてしまう。

駄目な人をしっかり排除していく人物は、ある種の人にとっては英雄かもしれないけど、その矛先《ほこさき》が自分に向いたらと想像したらめっちゃ怖い。

ていうか、〆切守れなかったらどうなっちゃうんだろう。アタシは天地堂には就職できないわね、うん。

「まー社内にも鬱陶《うっとう》しい奴はぎょうさんおるけど。こんぐらいはどんな会社にもいるレベル、って割り切っとるわ。……ウッザい昭和のおっさんは脳内で濃厚にブチ犯したるさかい、実質ストレスフリーっちゅーわけや。こいつ昨夜はさんざんケツ掘られたんやなぁって考えたら、不思議と腹も立たへんのよ」

「ぷっ、あはははは！　何そのストレス発散法。ナゴちゃんらしい！」

「せやろ？　オススメやで。にしし♪　……あっ、店員さーん。注文ええかー？」

屈託《くったく》なく笑ってから、行きつけの居酒屋かってノリで店員さんを呼ぶナゴちゃん。

それでいて注文はサンドウィッチなあたり、なんだかんだ女子力を感じさせるんだから強い。

と、それから注文した品が来るまでの間、アタシたちは会えなかった時間を埋めるかのようにBLトークに勤《いそ》しんだ。もちろん、サンドウィッチが会話を盛り上げるネタになったのは言うまでもなく。

珈琲《コーヒー》とサンドウィッチが届いて、お互いに食事を始めたところで、アタシは本題を切り出すことにした。

「ね、一個お願いしてもいい？」

「はむ……ん、何や、久々に会いたかっただけやなくて、下心アリかいな」

「そ。下心アリアリのアリ！」

「直球やなぁ。……んっ」

あきれて言いながら、口に含んでいたサンドウィッチの欠片《かけら》をごくりと呑み込んで。

「ま、ええわ。親友の頼みやさかい、聞いたるわ」

「実はアタシ今、仲間と一緒にインディーズでスマホゲームを作っててね」

「あー、知っとる知っとる。ブースに来てたあの子のサークルやろ？　《5階同盟》」

「そうそう」

「あんときはどー見てもただのワナビだったのになぁ。いつの間にかえらく大きゅうなって。正直たまげたわ。紫式部先生、今や『黒山羊』で大活躍の人やもんなぁ」

「アタシが一番驚いてるわよぅ。まさか大手のパブリッシングなしにここまで来れるなんて」

「なるほどのう。ショタとの二人三脚。もう味見はしたんか？」

「ぶふっ！　す、するわけないでしょ⁉」

珈琲を噴いた。

おのれ親友、唐突にナマの下ネタをぶちこんでくるから油断ならない。

「というかアキはショタじゃないでしょ、年齢的に」

「アウトなんは同じやねん」

「正論やめて！　……とにかく、そういうのじゃないから茶化《ちゃか》さないでよぅ」

「ぬわっはっは。式部さんを困らせるのは楽しいのう」

おのれ天然ドSめ。

あなたの人に話せない性癖のすべてを、このアタシが知り尽くしてること、忘れたわけじゃないでしょうね！　週刊誌や暴露系配信者にタレ込んだら一発でアウトなんだからね！　べつにバラさないけど！

「んで、そのスマホゲームが何や？」

「今度、『黒山羊』のコンシューマー版を作るのよ」

「ほー。インディーズなのによぉやるのぅ。そこまで大きくするなら、いっそどっか大手企業のパブリッシングを受けてもええんとちゃうか」

「それも狙《ねら》ってるみたいよ。でね、ナゴちゃん。お願いっていうのはそのことで――」

「お断りや」

「まだ何にも言ってないでしょおおおお⁉」

「話の流れでだいたい察するわ、ボケ。わしに手伝えっちゅーんやろ？」

「ぐぬ……そうだけど……」

なんて察しのいい同胞。

そういうところが頼りになるんだけどね。

「コンシューマーの知識がある仲間にいてもらえると心強いんだけど……駄目？」

「駄目。てか天地堂は副業NGやねん」

「教師だってNGよ！」

「知っとるわ、アホ！　そりゃあんたがアウトなだけやねん！」

ずびし！　と痛烈なツッコミがかまされる。

関西生まれ、関西育ち、大学時代のみ関東に来てただけの生粋《きっすい》の関西人は、やはりツッコミのキレが違う。

「そっかぁ……久しぶりにナゴちゃんと一緒に活動できるかもって、ちょっと楽しみにしてたんだけどなぁ……」

「ぐ……」

潤ませた目で上目遣《うわめづか》い。

これぞ影石家直伝の忍術——しっかり者の親友に刺さる、必殺の瞳術《どうじゅつ》である！

……嘘だけど！

でも効果は抜群だったようで、ナゴちゃんはこめかみを揉《も》んで、はあとため息をつきながら。

「しゃーないのう。協力したる」

「ホントに⁉」

「わしがスタッフとして合流するのは無理や。けど、信頼できる外注先を紹介することぐらいはできる。……コアメンバーは《5階同盟》の主要スタッフだとしても、大きめのゲームを作るならUIやらイベントやら、量産に向けて外部の業者を使ったほうがええ瞬間は来るやろ。良いスタジオ紹介したるさかい、それで頑張りな」

「ナゴちゃあああああん！　ありがとおおおう！」

「はいはい、抱きつかんといてやー」

「外注先、ＧＥＴだぜ！」

「その決め台詞《ぜりふ》っぽいのやめーや。社長と法務に怒られそうで怖いわ、ホンマ」


それから昔話に花を咲かせたり、ＢＬ談義で薔薇《ばら》を咲かせたりしているうちにランチタイムはあっという間に過ぎていき、ナゴちゃんは職場という戦場に帰っていった。

アタシはラウンジに残り、緊急事態に対応するためにスマホを構えてＳＮＳを巡った。

……ほら、あれよあれ、流行《はや》りの絵柄や塗り方、二次創作されやすい特徴的なキャラデザの勉強にね？　けっして遊びだけじゃないのよ、うん。

まあ、教師のお仕事中に何やってるんだってツッコミは甘んじて受け入れるけど。

そうこうしてるうちに窓の外はだんだんと暗くなってきて――……。

「自由行動の時間もそろそろ終わりね。生徒たちに何事も起きなくて何よりだわ」

報《しら》せがないのは良い報せ。

手にしたスマホが通話で震え出すことなく一日が終わりそうで正直ホッとしている。

なーんて、油断は禁物。

勝ったと思った瞬間に勝利は泡沫《うたかた》と消え、敗北がこんにちはするのが世の理《ことわり》。

最後まで油断せずに行こう！

ヴー！　ヴー！　ヴー！　ヴー！

「油断しなかったのにいいいい‼」

言ったそばからすぐこれよ！

開いていたＳＮＳ画面から、強制的に着信中の画面に切り替わる。

電話番号が表示されているが、登録外の番号なので誰からかはわからなかった。

生徒の電話番号を全部登録するわけにはいかないから、基本的に生徒たちに緊急連絡用の電話番号を教えるだけで、教師側のスマホには登録されていないのだ。でもこんなタイミングで、連絡先を登録してない相手からの着信といえば、ひとつしかない。

「どうか、大したトラブルじゃありませんように！」

南無三《なむさん》！　と神や仏に祈る気持ちで通話ボタンを押す。

『もしもーし。先生かー？』

「その声は……えーっと、音井《おとい》さん？」

『そーそー。今ー、ちょっと時間あるかー？』

「ええ。もちろんよ」

声に含まれる緊張感は保ったまま。

だけど内心ではちょっと安心している自分もいた。

音井さんのゆるーい感じの口調からして、そこまで大きな事件ではなさそうだ。

きっと自由行動の最後にもう一軒だけ甘味処《かんみどころ》に寄りたいからオススメの店を教えてくれ、みたいな平和な相談に違いない。

『実はなー』

「はいはい」

『小日向《こひなた》が行方《ゆくえ》不明になってなー』

「……は？」

さーっと血の気が引いていくのを実感する。

行方不明ってマジ？　トラブルの中でもかなり重めのヤツよこれ⁉

こういう場合の対処ってどうすればいいんだっけと、油断していた思考を急激に回転させて脳内のマニュアルを検索していく。まずは警察？　いや、スマホで本人の電話番号に連絡？　同僚や学年主任への情報共有が先？　……駄目だ、考えがまとまらない！

でも、どういうことかしら。乙馬くんが、い、い、い、行方不明だなんて。

しっかり者だし、ＩＴを自在に操《あやつ》る彼が迷子になるとは思えない。

そもそも自由行動日なのに音井さんと乙馬くんで行動を共にしてたってこと？　え、アタシの知らないカップリングでも新たに生まれてたの？　うーん、音井さんならアキか彩羽《いろは》ちゃんか翠《みどり》ちゃんあたりが美味《おい》しい組み合わせだからアタシの解釈とズレるわねぇ。もしかしたら、別の魅力を開拓できるかもしれないけど――。

「……って、あれ？」

脳内でカップリング考察しながら視線を脇《わき》に逸《そ》らしたら、ちょうどホテルに帰ってくる乙馬くんの姿が見えた。

ロビーまで来たところで、ラウンジの座席にいるアタシに気づいて、軽く会釈《えしゃく》してくる。

「乙馬くん、ホテルに帰ってきてるわよ？」

『あー、そっちじゃなくてだなー』

「そっちじゃない？　……って、どっち？」

小日向なんて珍しい苗字《みょうじ》、乙馬くんの他にいたかしら。

『妹のほう。小日向彩羽ー』

「え、彩羽ちゃん？　は？　ちょ。え？　なんで彩羽ちゃんが京都《きょうと》にいるの？」

『めんどいからあんま説明させんなー。黙ってさっさと探すの手伝ってくれー』

「ええっ、ちょっ、それを説明なしで飲み込むのはかなり難易度高いわよ⁉　チュートリアルは親切にってゲームの基本中の基本でしょ⁉」

『とりま、天地堂エターナルランドに来てくれればいいからー。そんじゃ、よろー』

ブツッ。

一方的に通話が切られた。

「えええ……」

彩羽ちゃんが京都にいて、更に行方不明？

あまりにも説明不足。何が何だかワケがわからない。

そもそもこれは引率の教師が対応する案件なのかしら。えーと、えーと、修学旅行中に本来修学旅行に参加してないはずの下級生が行方不明になった場合の行動は……いやいやそんなんマニュアルにないわよ⁉

――まあ、いいわ。

前例がない以上、何が正しいかよくわかんない以上、アタシが取るべき行動はただひとつ。

彩羽ちゃんが心配だから、駆けつける。当然よね！

「あれ、どこか行くんですか？」

立ち上がり、ラウンジからロビーに出て行くと、乙馬くんが声をかけてきた。

ちょうどいいわ、これは彼にも伝えるべき事案だものね。

「行方不明の彩羽ちゃんを探しに行くわ。あなたも来てくれるかしら、乙馬くん」

「…………は？」

うん、その反応が普通だと思うわ、アタシも。

Tomodachi no imouto ga
ore nidake uzai

友達の妹が俺にだけウザい

エピローグ2　社長定例

「カナリアちゅんの担当作品、バトルも戦記もラブコメも、たくさん拡散よろしくネ☆」

自宅の一室を改造した特設スタジオ。

防音&反響防止設備完璧《かんぺき》、最高級の機材を完備したパーフェクトっぷりと、相反するように美少女キャラクターのポスターを貼《は》りまくった抜け感。その部屋の真ん中、PCのモニターの前でポーズを決めている天使のような女の子がひとり。

YES！　みんな大好き綺羅星《きらぼし》カナリア17歳。絶賛配信チュン♪

「というわけでまた来チューン！　ばいばーい！」

——だったのはさっきまで。

視聴者の皆に可愛《かわい》く挨拶《あいさつ》をして配信終了ボタンを押す。

オフのテンションに戻す……前に、問題なく配信が終了していることをPCとスマホの複数端末で確認。間違っても、放送事故など起こさない。それがプロのアイドルだチュン。たまにわざと配信切り忘れたりするけど、あれは計算通りだから良し！

「ふぅ、無事に配信はおしまいっと。さーて、次は打ち合わせだチュン」

独り言でも語尾は崩さない。

これぞ万にひとつの失態も許さない、一流の仕事。職業アイドルの流儀だチュン。

椅子から立ち上がり、特設スタジオを出る。

当然、仕事の打ち合わせ用のPCと配信用のPCも別だ。

昨今はリモート会議が浸透しており、秘密情報の流出など許されない大規模プロジェクトの打ち合わせでさえ自宅で行うことも増えてきた。

アイドルとしても社会人としても一流で在るべく、リスクは徹底的に避けるべし。

高級タワマンの圧倒的な部屋数、万歳《ばんざい》。

というわけで、編集仕事のために作った部屋に移動してノートPCを立ち上げ、打ち合わせ用に発行したURLにアクセス。これでぴったり予定時間。

『やあやあこんにちは。お待たせしちゃったかな?』

「どうもお疲れ様です、月ノ森《つきのもり》社長。いいえ、私も今来たばかりですので」

画面に映ったのは最近よく見るダンディズム。貴族みたいなひげを蓄えた壮年の男性。

出版、ゲーム、アニメなどのあらゆるコンテンツ関連ビジネスを手掛ける大手エンタメ企業、ハニープレイスワークス代表取締役社長——月ノ森真琴《まこと》だ。

『ああ、そういえばさっきまで配信してたんだっけ。カナカナ、チュンチュン』

「やんやんダメダメ、カナリアちゃんを馬鹿《ばか》にしないでぇ〜。ナメてるとぶっ殺チュン☆」

『声に仕草まで可愛いのに目が笑っていないね……。しかし、配信してから即打ち合わせとはなかなか豪胆《ごうたん》だねぇ。とっておきの機密を間違えて世界配信しちゃったらどうするの？』

「ご安心を♪　ＰＣも部屋も配信用と仕事用で分けてまチュン。それに、もし賠償請求されることになったらン十億ぐらいまでなら問題ナッシン、ポケットマネーで支払いチューン♪」

『この金持ちさんめ。困った人だなぁ』

「月ノ森社長に言われたくないチュン」

『それもそうか。……あー、しかしまた、こう――』

月ノ森社長は指先でひげを撫《な》でながら、その渋い顔に浮いたしわを深くしてニヤリと笑う。

『モニター越しでもすこしも美貌《びぼう》を損なわないねぇ』

その言葉を聞いて、ここらでスイッチを切り替えようと密《ひそ》かに決定。

軽いノリも大事だけれど、そればっかりでは締まりのない空気になってしまい、仕事に悪い影響を及《およ》ぼす可能性があるから。

カナリアちゃんはアイドルモードから、星野加奈《ほしのかな》モードに切り替える。

「お誉めいただいて光栄です。……では早速、『白雪姫の復讐《ふくしゅう》教室』についてなのですが」

『おうふ……そうだね、本題から行こうか』

一瞬、面食らったような反応をしてみせたのは、私が褒め言葉をさらっと流したからだろう。

月ノ森社長は典型的な昭和のおじさん。

尊敬できる部分も多々あるけれど、女性への接し方においては時代にそぐわない部分がある。無言の圧で拒否したり、ひどいようであれば適切に咎《とが》めるのも、ビジネスパートナーとしての態度だろうと心掛けている。

『これまで原作側が頑《かたく》なに首を縦に振らなかったため進まなかったアニメ化、およびゲーム化。今回、真白《ましろ》の鶴の一声で一気に進みそうでね。こちらはてんやわんやだよ』

「弊社もそうですね。急遽《きゅうきょ》、メディアミックス用に編集部員のリソース……まあ私ですけど。私の作業をサポートする人材を確保する必要が生じたり、販売計画が見直されることになったり、いろいろと調整が必要で。嬉《うれ》しい悲鳴なので、構いませんけどね」

『ハハハ。振り回されてるねえ。――うちはこんなこともあろうかと、あらかじめ実力のあるスタジオとスタッフを押さえておいたよ』

「お恥ずかしい限りです」

さりげなく挟まれた自慢にうっせーこの野郎の気持ちを込めて笑顔で対応。これもキラキラな社会人の作法カナ☆

実際、私だっていつか来る『白雪姫の復讐教室』のメディア化に向けて人員補強が必要だと社内でしっかりアピールはしていた。妙に頭がお堅い会社のお偉方が、作家さんが永遠にうんと言わなかったら不要な人材になっちゃうでしょ？　とか言うので泣く泣く引き下がったのだ。

いつか来る災害に備えて余裕を持ってリソースを確保しておかないと、いざ事が起きてから急に補充できるものじゃないのがわからないとか経営層はアホしかいないのかバーカバーカ！　と心中で呪いまくったのは記憶に新しい。

アイドル活動と出版を絡《から》める戦略をむりやり受け入れさせたときは、結果を出し続けることでうるさい前例主義を黙らせたけど……さすがに人を雇い入れる決定を会社に飲ませるのは、別次元の難しさがあった。

つまり、あれだ。君が勝手にやるぶんには好きにしていいけど、会社の持ち出しが必要ならやりたくないよ、っていう。ホントぶっ殺チュン☆

ハニプレの社長ぐらい自由に会社のお金を使える立場の人にドヤられると、さすがにすこしイラッとくるね☆

ま、もちろん私だって、黙って指を咥《くわ》えてるようなタマじゃない。

「私のアイドル事業を法人化してるので、そちらのほうを法的に整えた上で、アシスタントを個人的に雇うことにしました。幸い、有望な人材を見つけたら唾《つば》をつけておくようにしていたので」

『流石《さすが》だね。準備は万端というわけだ』

「ええまあ。……ところで、今日のお話というのは？　『白雪姫の復讐教室』アニメ化と同じタイミングで仕掛けたいことがあるとか」

『ああ、その話なんだがね。アニメは企画から放送まで年単位で時間がかかるものだろう？』

「それはそうですね」

『実はね、ちょうど放送できる時期にはおそらく彼ら――《5階同盟》の作品も、ハニプレのパブリッシングを受けることになるはずなんだ』

「……！　『黒山羊《くろやぎ》』……ですね」

『ああ。奇《く》しくも、というか、必然だね。メインシナリオはどちらも巻貝《まきがい》なまこだ。まとめて押し出していけるのではと考えているんだ』

「なるほど。作風も近いものがありますし、相性《あいしょう》は良いでしょうね」

ただ、正直凡庸《ぼんよう》なコラボアイデアだ。

同じ作者だからせっかくなので何か絡めましょう、という提案はさして珍しいものじゃない。

わざわざ正式に話が進むよりも前に、私と直接握り合っておきたいような話だろうか？

もしかして、相談はこれだけじゃなくて――……。

『もちろん、話はこれだけじゃない』

「……エンターテイナーですね。あまり意地悪しないでください」

『実はね、ふたつの作品にもうひとつ共通点を作りたい。巻貝なまこ作品であること以外に、もうひとつ、ね』

「もうひとつ」

『そう。《5階同盟》で声優を務めている人間――謎《なぞ》の声優旅団Xとして、表向きは複数人の声優ユニットのように見せかけている少女。君は知ってるかい？』

「ああ、やっぱりひとりだったんですか。薄々そんな気はしていましたが」

これでもアイドル。レッスンを受けて演技や歌唱にも本気で打ち込んでると、些細《ささい》な違和感を感じ取れることもある。

『でね、その彼女をアニメの主役に抜擢《ばってき》しようと思うのだよ』

「『白雪姫の復讐教室』の、ですか？」

『そう。インディーズ作品のメジャー化というニュースに合わせてこれまで秘密にされていた声優情報を一気に解放、更にライトノベル業界期待の超新星である作品のアニメの主役に抜擢……話題性抜群だと思わないかね？』

「確かに。実力も申し分ないですし、新しいスターの誕生と合わせて推せたら、ＩＰの熱量も凄《すさ》まじいことになりますね。ゲームの演技だけだとアニメの現場に向いてるかまでは判断できませんが」

『そこはじっくり育ててモノにしていけばいいさ。――ひとまず君の同意を得られて助かったよ。これで計画を具体化していける』

「ただ、ひとつ気になることが」

『なんだい？』

「謎の声優旅団Ｘ……特定できるんですか？　プロデューサーのアキ君には秘密にしたい理由

があるのでは？　特別な事情がなければ、声優についてもふつうに公表してると思いますが」

『そう、それなんだがね。……いろいろと調査していく中で、ひとつ、非常にそれっぽい仮説が出てきてね』

シリアスなイケオジ顔で言いながら、月ノ森社長はPCのカメラにスマホをかざしてきた。

そこには、一組のカップルを収めた写真。

「盗撮ですか？」

『今は真面目《まじめ》な話だよ……？　それは先日行われた文化祭のワンシーンでね。明照《あきてる》君と、ある女子生徒が踊ってる姿さ』

「アキ君と女子？　ええと、こっちの男の子はやたら美形で明らかにアキ君じゃないですし、どこに……あ！」

言いかけて、私はハッと思い出す。

そういえば文化祭の時期に、彼から女装したいと相談を受けたんだった。あのとき友坂《ともさか》さんを紹介して、その後のことは特に聞いてなかったんだけど、これはつまり……女の子のほうが、アキ君！

「じゃあ、相手の子が声優の女の子ですか？　あれ、ていうかこの子――」

『ああ、君もおそらく面識があるはずだよ。小日向彩羽《こひなたいろは》。明照君や真白と同じマンションに住んでいる子だ』

「小日向、彩羽……あの子が……？」

確かに可愛い子だった。

でも、クリエイターとしてはそれほど強い印象を残していない。なんというか、自我の強さを感じなかったというか。

可愛いけど、ただそれだけ、という印象。

『これまでは流石に校内に密偵を忍び込ませるわけにもいかず、明照君たちの様子を探らせる術《すべ》がなかったのだけどね。文化祭は部外者も入れる数少ないチャンス。ちょこっと本気で様子を見させてもらうついでに、他の生徒たちに彼らの印象を訊《き》いてみたりしてね』

「半分犯罪者ですね」

『愛妻家であり、愛娘家《まなむすめか》と呼んでくれたまえ』

「正義漢も正義ゆえに人を殺したら犯罪者ですよ」

何事も過ぎれば犯罪者だ。

『まあとにかく、ちょっと気になる情報も出てきてね。どうやらあの小日向彩羽君、過去に、演劇部の手伝いをして県の大会で優勝したらしいんだよ。舞台を生で観《み》た生徒によればかなりの実力だったらしい』

「なるほど。……それは確かに、掘り下げてみる価値がありそうですね」

そもそもアキ君は人脈の作り方が超高校級とはいえ、実際にはまだ高校生。

声優担当にどこかの実力者を引っ張ってきたと推測するよりも、身近に才能の持ち主がいたと考えるほうが自然だ。

『ただ、もし声優の正体が小日向彩羽君だった場合、ひとつ気がかりなことがあってね』

「と、言いますと？」

『彩羽君を全力でスターに押し上げる計画を実行すれば、彼女の母親――天地堂《てんちどう》の天地《あまち》社長が完全に敵に回る』

「え？」

唐突に天地堂の名前が出て来て、目が点になる。

なぜそこでハニプレのライバル企業の名前が？

『天地乙羽《おとは》の天地は旧姓。彼女の現在の名前は小日向乙羽。つまり、彩羽君の母親なんだ』

「なっ……あれ、でも天地社長は確か――」

『そう、業界内部では有名だよね。あの人は芸能界を毛嫌いしてる。ビジネスで必要なら手を組むが、圧倒的なIP資産と特許、制作力、ブランド力、財力、法務、ありとあらゆる武器を用いて優位を保つ。芸能界に対しては、特に圧が強い。そんな彼女だ、自分の娘を役者の道には進ませたがらないだろうね』

「……容易に想像できます」

流石の私も身震いした。

ビジネスにおける天地堂の在り方は、直接取引のないうちの出版社にも聞こえてくる。

世間一般のユーザーは知りもしないことだし、週刊誌やらメディアやらに書かれたことなどないが、業界の交流会に参加すれば、いくらでも噂《うわさ》が流れてくる。

ただ、実際なぜそんなに天地社長が芸能界を敵視するのか、その理由までは知らない。

「月ノ森社長はお詳しそうですね。私は天地社長と仕事したことがないので、よくわからないんですが。……過去に何かあったんでしょうか？」

『………』

しばらく、迷うような間があった。

リモート越しでも、表情の渋さで、事の難しさが察せられる。

月ノ森社長の口が、ゆっくり開く。

『……そうだね。彩羽君がもしも声優志望で、《5階同盟》の声優の正体だとしたら。彼女をスターにするための作戦を練るためにも、天地社長の過去について触れないわけにはいかないね』

その口調にはこれまでの軽さや、意気揚々とした楽しげな雰囲気はすこしもなかった。

諦《あきら》めたような、渋々といった、そういう感じ。

月ノ森社長にとっても、もしかしたら思い出したくない過去なのかもしれない。

「もしかして、彼女も……？」

『ああ、役者のたまごだった』
彼は、あっさりとそう言って。
『才能あふれる、誰《だれ》もが将来を有望視する役者のたまごだった』
すぐに言葉を重ねて。
そして。
まるで何かを憎むように。
まるで何かに懺悔《ざんげ》するように。
唇を噛《か》んで、悔しげに。
拳《こぶし》さえも震わせて。
記憶に絞め殺されそうな表情で。
こう言った。
『大人たちに裏切られて、ガラクタのようにされて、捨てられたんだ』

あとがき

こんにちは、作家の三河《みかわ》ごーすとです。『友達の妹が俺にだけウザい』最新9巻、皆様すでに楽しんでいただけたでしょうか？

修学旅行編の後編ということで、前回出番の少なかった彩羽《いろは》がここぞとばかりに（1年生なのに）合流し、縦横無尽にデートしていきます。もちろん前巻に引き続き真白《ましろ》の攻勢もありますので真白ファンの方にも満足いく1冊になっているのではないでしょうか。他にも音井さん、海月《みづき》、乙羽《おとは》、カナリア、茶々良《ささら》、翠《みどり》といった大勢のキャラ達も入り混じって、『いもウザ』の世界を楽しく彩ってくれます。今後、ますます彼女達の活躍も増えていきますので、次巻以降も楽しみにしてください。

ところで今回は遊園地回。さまざまなアトラクションに乗ったり、遊園地デートのシーンが描かれます。

以前あとがきで高級フランス料理店に1人で取材に行ったことを明かした通り、私は必要とあらば取材に行くタイプの作家なので、遊園地に行かざるを得ないのか……もちろん恋人なんていないのでデートに行けないわけで、1人遊園地かぁ、ハードル高いなぁと思っていたのですが、残念ながら『いもウザ』9巻を執筆していた時期は全国的に外出が推奨されないご時世。

取材の1人遊園地には行けず仕舞いでした。

いや、残念です。でも仕方ないですね。1人で遊園地に行く地獄に恐れをなしたわけじゃありませんが、ご時世がご時世なのでね。言い訳じゃありませんよ。はい。

謝辞です。

イラストを担当されているトマリ先生。今回も最高のイラストをありがとうございます！活き活きとした彩羽の姿、他のキャラクター達も皆が魅力的に描かれており、なるべく多くのキャラに出番をあげたいと思えて逆に悩ましいくらいです。これからもいろいろなキャラ達のいろいろな側面を描いていただけるようにシーンを練り込んでいきますので、今後ともどうぞよろしくお願いいたします。

コミカライズを担当されている漫画家の平岡平《ひらおかひら》先生。コミックも毎回楽しく読ませていただいています。これからも『いもウザ』シリーズを一緒に盛り上げていきましょう！

担当編集のぬるさん、GA文庫編集部および関係者の皆様、そして誰よりも読者の皆様！なんだかんだ連載開始から2年以上が過ぎ、もうすぐ3年目に突入しそうとのことで、長い間本当にありがとうございます。これからも『いもウザ』をどうぞよろしくお願いいたします！

というところで今回はページが限界。以上、三河ごーすとでした！

『いもウザ』次巻予告！

明照がまだ“センパイ”ではなく、
彩羽がまだ“友達の妹”ですらなかった日の話。

明照、乙馬、音井さん、そして彩羽……。
現在の《５階同盟》が生まれるきっかけとなった
原初の黒歴史は、
青臭い友情と、
ほんのりと苦い恋愛感情の入り混じる、
切ない青春の１ページ。

そして彩羽は己の過去を見つめ直し、
前へ進むことができるのか？

過去回想回でも物語が停滞せず
ガンガン進むのが『いもウザ』節です！

思い出と始まりの
いちゃウザ青春ラブコメ第10弾。

**ファンレター、作品の
ご感想をお待ちしています**

〈あて先〉

〒106－0032
東京都港区六本木2－4－5
SBクリエイティブ（株）
GA文庫編集部 気付

「三河ごーすと先生」係
「トマリ先生」係

**本書に関するご意見・ご感想は
右のQRコードよりお寄せください。**

※アクセスの際や登録時に発生する通信費等はご負担ください。

https://ga.sbcr.jp/

友達の妹が俺にだけウザい９

発　行　　2022年1月31日　初版第一刷発行

著　者　　三河ごーすと
発行人　　小川　淳

発行所　　SBクリエイティブ株式会社
〒106－0032
東京都港区六本木2－4－5
電話　03－5549－1201
03－5549－1167（編集）

装　丁　　AFTERGLOW

印刷・製本　中央精版印刷株式会社

ISBN978-4-8156-1227-6
Printed in Japan　　GA文庫

試読版は
こちら!

お隣の天使様にいつの間にか駄目人間にされていた件5.5

著：佐伯さん　画：はねこと

GA文庫

自堕落な一人暮らし生活を送る高校生の藤宮周と、〝天使様〟とあだ名される学校一の美少女、椎名真昼。

関わるはずのなかった隣人同士、ふとしたきっかけから、いつしか食事をともにするようになっていた。

ぶっきらぼうななかに、細やかな気遣いを見せる周と、よそ行きの仮面でない、自然な笑みを浮かべられるようになった真昼。惹かれ合っていく二人の過去といま、そして彼らを取り巻く折々を描く書き下ろし短編集。

これは、甘くて焦れったい、恋の物語——。

試読版は
こちら!

試読版は
こちら!

試読版は
こちら!

試読版は
こちら!

試読版は
こちら!